Franziska König

Das Wiedersehen

Erinnerungen

Für meine liebe Freundin Ulla

TWENTYSIX
Eine Marke der Books on Demand GmbH
© Juni 2021 von Franziska König
Titelbild: Zeichnung von Wolfram König: „Hartmut"
Covergestaltung und Zuschnitt: Franziska König in
Zusammenarbeitmit Andreas Rothfuß, Blankenfelde
Herstellung und Verlag: BoD – Books on Demand, Norderstedt
ISBN: 9783740783839

Franziska (Kika) mit ihrer Violine – fotografiert von ihrer lieben Freundin Ute Bott aus Rottweil.
„Wenn ich dereinst verstorben bin, so schweigt auch meine Violine!" sagt sie.
Und drum bringt Franziska alle vier Wochen ein schlankes bis vollschlankes Taschenbuch heraus.
Erzählt werden Geschichten aus ihrem Leben, die von erhöhtem Interesse sein dürften.

Jeden vierten Dienstag um 18.05 wird das fertige Manuskript in die Umlaufbahn entsandt.

Die meisten Vorkömmlinge
finden sich im Personenverzeichnis

Hier die engste Familie vorweg:

Oma Ella, (*1913) Omi väterlicherseits in Hessen
Buz (Wolfram), mein Papa (*1938) Professor für
Violine an der Musikhochschule in Trossingen
Rehlein (Erika), meine Mutter (*1939)
Ming (Iwan), mein Bruder (*1964)

Ein Buch ohne Vorwort.
Sie können gleich anfangen zu lesen…

Oktober 2002

Dienstag, 1. Oktober
Aurich

Zunächst zart-sonnig.
Beinah hätte ich am Nachmittag ein
Friedhofspicknick abgehalten, doch dann zogen
weiße Wolkenschleier auf

Als ich das Fahrrad aus unserem Grundstück in den nachsichtig lächelnden Morgen hinausschob, dachte ich über Frau Priwitz´s Tochter Bärbel nach, die zum 91. Geburtstag ihrer Mutter aus Bern herbeigereist, nun einige Tage in Ostfriesland verbringt. Eine Variante von Ingrid van Bergen.

„Wenn sie es denn mal nicht überhaupt ist?" wurden in meinem Kopf bereits die Mutmaßungsschräubchen gelockert. „Hört man nicht immer wieder, daß einem nach einem Knastaufenthalt eine neue Identität übergestülpt wird?"

Kaum war ich um die Ecke gebogen, da stand sie auch schon da.

Der Gedanke hatte Gestalt angenommen.

Sehr elegant herausgeputzt stand sie inmitten einer kleinen Gruppe erlebnishungriger Jungsenioren. Man wartete auf den Abholdienst und freute sich auf einen Urlaubstag am Meer.

Ich erzählte, daß unser Papa uns heute in eine ungewisse Zukunft Richtung Korea verlässt, und auch wenn Buz in 15 Tagen wiederkehren will, so schien´s mir nun, als hätten sich Äonen vor das Wiedersehen gestemmt.

„Gestern ist uns eine schwarze Katze über den Weg gelaufen", berichtete ich, „doch wir hoffen, daß das zu erwartende Unheil mit dem unerwarteten Schnupfen, der den Papa gestern abend im Supermarkt jäh befallen hatte, abgegolten ist!"

Ich solle ihm eine Art "Wundertüte" mit Aufmerksamkeiten zusammenkaufen, regte die Bärbel an, und empfahl einen Kriminalroman von Henning Mankell für den langen Flug.

Beim Zuradeln sagte ich mir, daß es in der Tat sehr nett gewesen wäre, Buzen lauter Aufmerksamkeiten für die Reise zu kaufen, doch die Zeit kniff bereits.

Wenigstens kaufte ich ihm eine riesengroße Tafel köstlicher Nußschokolade. Jedes einzelne Stückchen solle er auf der Zunge zergehen lassen, und als Küßchen seiner Lieben umdeuten.

Das war alles, was ich noch für Buz tun konnte. Dann war ich allein.

Abends erfuhr man, daß der kleine Jakob aus Frankfurt tot ist, und nach den Nachrichten wurde eine Extra-Sendung zum Thema gebracht.

Man sah seine erschütterten Klassenkameraden und darunter las man die traurigen Worte:

"Zum Tode vom kleinen Jakob"

Jakobs Nachhilfelehrer, ein 27-jähriger Jura-Student habe ihn entführt und ermordet.

Ein junger Mann, der dringend viel Geld brauchte, um seine minderjährige Freundin halten zu können.

Ein 15-jähriges junges Fräulein aus der Schicki-Micki-Szene, das er sich mit vollmundigen Versprechungen gefügig gemacht hatte..

Mittwoch, 2. Oktober

Zuerst hellgrau und strenge.
Am Nachmittag ein milchiges Waschküchenwetter

Ich erhob mich, und das schwer zu entwirrende Tagesgestaltungskonzept das mir vorschwebte saß mir erst einmal – ähnelnd einem Knäuel ungekämmter Haare *auf* einem Seniorinnenhaupt - ganz wirr *im* Kopf, denn alles was mir so in den Sinn trat, hatte einen müßiggängerischen Beigeschmack.
Ein Bestreben, das von meinem besseren „Ich" gleich bekämpft wurde, so daß ich unverzüglich mit der Arbeit an meiner Violine begann.

Entzückend fand ich, daß Richter Guido Neumann in der 500. Folge seiner Sendung – verkleidet und mit einem falschen Bärtchen beklebt - vor sich selber als Zeuge aussagen mußte, und dabei schauspielerisch sehr gefordert wurde, da er einen gänzlich anderen Grundtypus darstellen mußte, den er als Richter dann selber anschnauzen durfte!
Er spielte einen alten "Schmeckefuchs" mit zwielichtem Charakter, den er unter einem aufgesetzten Zuckerguss zu verbergen trachtete.

Die Speichertreppe knarzte: Mit dem Waschzuber im Arm stieg ich in den Speicher hinauf und hängte die Wäsche auf.

Unter den Wäschestücken befand sich Buzens verzwirbelter Schlafanzug, und dadurch, daß Buz nun so weit weg ist und ich gar nichts mehr von ihm weiß, fühlte ich mich wie jemand, der ein noch ofenwarmes Wäschestück eines frisch Verstorbenen aufhängt.

Den kleinen Schneiderladen gegenüber von Illing betrete ich nur ungern, weil ich die tranige Russin in mittlerem Alter nicht so mag. Sagt man nett und volkstümlich: "Moin!", so schaut sie einen bloß so an, als wolle sie sagen: „Was quatscht dieser Mensch?"

Einmal lachte sie allerdings freudlos, weil sie meinen kleinen roten Rock nicht gleich gefunden hat.

Vom Garten aus sah ich meine neue Freundin Bärbel auf dem Balkon stehen.

Ich öffnete das Fenster, und wir erwogen einen baldigen Besuch bei ihr, obwohl, oder vielleicht auch gerade *weil* leider konstatiert werden muß, daß die alte Frau Priwitz selber nicht mehr besonders lebhaft ist? Mit 91 Jahren setzte jäh und unerwartet heftig „das Alter" ein. Es griff mit gierigen Fingern nach der alten Dame und quetschte alle Frische heraus, bis kein Funke jugendlichen Elans mehr übrig war.

Die Bärbel nennt ihre Mutter immer "die Mutti", dieweil sie sehr natürlich und persönlich ist.

Sie entschwand kurz ins Haus um zu fragen, ob ich morgen zum Frühstück kommen dürfe, und die alte Frau Priwitz habe daraufhin nur gegenfragend gebrummt, warum sie überhaupt frage?

"Machst Du nicht ohnehin immer nur das was DU willst??"

Wahrscheinlich sind Mutter und Tochter im alltäglichen Zusammenleben nicht so ganz kompatibel, und ein Gast als Zwischenpuffer bei den quälenden gemeinsamen Mahlzeiten („...das hast Du von deinem Vater….") wäre in diesem Falle womöglich ein echtes Geschenk?

Ich erfuhr, daß der Besuch an der Küste leider nicht so besonders war:

Die dreijährige Tochter ihrer Nichte bekam Ohrensausen und schrie zwei Stunden lang wie am Spieß, so daß der feinkultürlichen Bärbel bei der Erinnerung an dies´ grausige Geschrei noch jetzt schauderte!

Donnerstag, 3. Oktober

Hell und doch feucht bewölkt.
Hie und da Sprenkelregen

Gestern hatte ich mich noch so auf den Besuch bei Frau Priwitz und ihrer Tochter Bärbel gefreut, doch am Morgen war die Freude einfach verpufft, ohne daß es eine vernünftige Erklärung für diese Verpuffung gäbe.

Ich hatte das Gefühl vielleicht nach Knoblauch zu müffeln, und doch begab ich mich nun mit meinem schönen schwarzroten Zweithandladenpulli leicht verschönt auf den Weg.

Die Bärbel stand bereits auf dem Balkon, da sich durch die unschöne Wellenlänge zwischen Mutter und Tochter in der Wohnung selber immer ein leichtes Engegefühl auszubreiten droht.

Kaum hatte ich die Priwitzsche Haustür erreicht, da summte auch bereits die Tür – so als könne man den spannungsabpuffernden Gast kaum erwarten.

In der Küche war der Tisch mit schönem bunten Geschirr so liebevoll gedeckt wie in einem Pfarrhaus an einem Sonntag.

Sogar ein Ei gab´s, und ich fühlte mich dankbar und froh.

Auch wenn ich leider sagen muß, daß ich fast alle Besuche der letzten eineinhalb Jahre bereut hab - dieser eine hat mich gefreut, denn ich schaffte es, eine ausgezeichnete Balance zwischen Höflichkeit und Unterhaltsamkeit zu schaffen.

Die Rede wurde bald schon auf die Untermieterin Frau Rautenberg geschwenkt, und ich rechnete eigentlich mit einem Schwall an verbinden Empörendem.

Doch Frau Priwitz, die sich in diesem irdischen Leben nicht mehr aufregen möchte, hält sich mit dererlei auf einmal äußerst bedeckt.

Ich erfuhr lediglich, daß Frau Rautenberg nie die Tür zu öffnen pflege. Selbst dann nicht, wenn der Paketbote schellt.

Man kennt es schon:

Frau *Priwitz* öffnet ihm zwar die Tür, sagt dann aber wohl:

"Ich unterschreibe grundsätzlich nichts!"

Ich hätte gerne eingeworfen, daß ich zu wissen glaube, warum Frau Rautenberg die Tür nicht öffnet:

Weil sie nämlich um elf Uhr vormittags noch immer im Negligée zu stecken pflegt!

Doch aus einem freundlichen Taktempfinden heraus verkniff ich mir das psychologisch-Brisante…

Hie und da schubste mich Frau Priwitz verbal mit Worten an, die sogar leicht an die Omi Mobbl erinnerten: Daß ich mehr essen müsse, und nicht so viel reden solle - und dabei entspannte mich die lose Plauderei mit der Bärbel doch so gut.

"Sie müssen jetzt mal ein schönes Brötchen mit Schinken essen!" sagte Frau Priwitz fast resolut, und die Bärbel erklärte, daß die Muddi immer allen vorschreibe, was zu tun sei.

"Was darf *ich* denn jetzt nehmen, Mutti?" frug sie mehr um *mich* zu belustigen und in den Zügen von Frau Priwitz las man eine leicht pikierte Anspannung.

Für einen kurzen Moment schien es gar, als wolle sie sich erheben um sich beleidigt zu entfernen, doch es war nur, um nach dem Kaffee zu schauen.

"Sie schreien, wenn die Tasse leer ist!" befahl sie freundlich und doch auch ein wenig schroff, auf Art einer pensionierten Geschichtslehrerin.

"Sie ist leer!" sagte ich in gespielter Bärsche.

Obwohl mir Kaffee doch eigentlich überhaupt nicht schmeckt, könnte ich mich stundenlang an einer Tasse festhalten.

Ich schaute auf die alte Frau Priwitz drauf und hatte das Gefühl, es sei eine Verwandte. Ich dachte mir einen Goldrahmen um ihren Kopf herum, und hängte sie mir im Geiste an die Wand im Wohnzimmer.

Bald erfuhr ich, daß Frau Priwitz´ Erstling Dieter, 66 Jahre alt, an einer beginnenden Demenz laboriert, und in einem Heim untergebracht wurde.

Von dort aus ruft er jeden Tag seine alte Mutter an, und auch die Bärbel plauderte jetzt mit ihrem Bruder.

"Ich hab das Gefühl, er hat mir gar nicht zugehört!" sagte sie hernach, und sah dabei süß aus – wie das Beätchen, wenn es etwas ganz besonders Lustiges und Geistreiches von sich gegeben hat, und mit einem entzückenden Gesichtsausdruck in der wohlverdienten Belustigung zu baden sucht.

Am Nachmittag übte ich nochmals zwei Stunden lang auf meiner Violine, und dadurch, daß ich es gar nicht mehr gewohnt bin, vier Stunden zu üben, bedankte sich meine Geigerei, und ich hatte das Gefühl, viel besser geworden zu sein.

Mittags kam ein Anruf, den ich allerdings nicht abhob, da meine innere Stringenz bereits auf die nächste sinnvolle Tätigkeit abzielte.

"Oettken, hallo?" hörte man die verwunderte Stimme unserer Nachbarin auf dem Anrufbeantworter:

Die dumpfen Worte fühlten sich an, als recke eine uralte Schildkröte mit einer kleinen Haube auf dem Kopf selbigen aus dem Panzer um sich verwundert umzusehen.

Dann legte Frau Oettken auf, obwohl sie nachbarinnengemäß sehr wohl wußte, daß ich daheim bin.

Wenn sie mich darauf anspräche, so müsste ich sagen:

"Ich hebe grundsätzlich niemals den Hörer ab. Ich habe keine Bekannten, erwarte auch keinen Anruf und will nur meinen Frieden!"

Doch es arbeitete in mir, und ich frug mich, was die alte Frau Oettken wohl gewollt hat.

Ob sie sich von meiner Geigerei zur Mittagsstund´ molestiert gefühlt hatte?

Einen Tag vor ihrem 55. Geburtstag rief ich Frau Kettler an.

"Ab 55 ist man für mich alt!" sagte ich, "deswegen wollte ich Dich an deinem letzten Tag anrufen, an dem du noch ein ganz kleines bißchen jung bist."

Frau Kettler war sehr nett und meinte beipflichtend, sie sollte den letzten Tag an dem sie noch ein ganz klein bißchen jung ist vielleicht besser genießen. Stattdessen sei sie aber nur nervös, weil morgen 40 Gäste kommen wollen, die sie allesamt nicht leiden kann!

Ihre Geschwister Magdalena und Ottokar kommen je nicht, und zu ihrem Bruder, der - sollte er noch leben - bereits auf die 80 zugeht, hat sie seit Jahrzehnten keinen Kontakt mehr.

Als sie geboren wurde war er längst aus dem Hause, und meldete sich allenfalls noch wenn er Geld brauchte, und heute weiß sie nicht einmal ob er noch lebt, und in welcher Stadt er in diesem Falle wohl beheimatet sei?

Inzwischen ließe sich dies alles über´s Internet herausfinden, erklärte ich weltgewandt - selbst wenn er nach Tschechien zurückgekehrt, oder vielleicht sogar nach Amerika ausgewandert sein sollte.

"Ich finde es heraus, fahre hin und verkaufe ihm einen Staubsauger!" schelmte ich.

"Ja, das tu mal!" sagte Frau Kettler, lachte erheitert, und der Gedanke, daß der alte Mann noch lebt, und man sich tatsächlich nochmals wiedersähe - ein Gedanke, der seit Jahrzehnten ungenutzt in einer Schublade lag - bekam von der einen auf die andere Sekunde plötzlich etwas Elektrisierendes....

Freitag, 4. Oktober
Aurich - Fischerhude - Cremlingen - Wolfenbüttel

Zuerst feuchttropfend. Dann sagenhaft.
Am Nachmittag aber ganz grau,
und als ich nach dem Konzert aus der Kirche trat,
regnete es leicht

Gestern wurde ich noch von einer warmen Woge des Geliebtseins getragen, weil sich der Joachim, mein Gitarrist, wie ein Kind darauf freute, daß ich heute zum Frühstück kommen wollte.

Zu früher Morgenstunde stellte ich einen Beutel mit leicht Verderblichem für Bärbel und Frau Priwitz vor das Haus. Etwas, von dem Frau Rautenberg vielleicht hätte annehmen können, es sei eine Bombe.

("Man kann heutzutage gar nicht vorsichtig genug sein.")

Sogar ein nettes Brieflein an meine beiden neuen Freundinnen, die meinem Leben fast so etwas wie neuen Pepp verleihen, schrieb ich noch und war froh, daß ich zur Bärbel "Bärbel" sagen darf, denn wie hätte man die Anrede sonst formulieren sollen? "Liebe Frauen Priwitze"! "Liebe Frau Priwitzs!" (?) oder wie???

Ich fuhr in einer trüben, sich nur widerwillig auflichtenden Dunkelheit los, doch nach einer Weile hatte sich das Wetter ganz erstaunlich gebessert: Gleissendes Gelbgold und faszinierende Farbspektren am Himmel, die durch die Sonnenbrille betrachtet noch atemberaubender ausschauten.

Fischerhude zur Frühstückszeit:
 Oben wurde ich sehr warm von Mutti Inga willkommen geheißen. Vati Achim sei unterwegs…
 Er brachte die Kleine in den Kindergarten und mit der plauderfreudigen Inga verstand ich mich einfach fantastisch.
 Bald darauf kam Hausherr Achim zurück und war so warm.
 Natürlich übertrieb er's auch heute mit seinen Standartsätzen: "Ich versteh was du meinst!" - grölendes Gelächter - und "Mach dich nur lustig!"
 Alles was ich so sage, verwandelt sich in seinen Ohren in Ironie – wenn auch eine feine Ironie, die es wert scheint, mit hoch erheiterndem Gelächter bedacht zu werden. Doch es ging mir nicht mehr auf die Nerven, weil ich mich hier so wohl fühlte.
 Achim und Inga frugen mich, ob ich wohl lieber Butter oder lieber Margarine esse?
 "Lieber Butter!" sagte ich.
 "Wir auch!" lachten beide, und auch wenn es nur eine Kleinigkeit war, wirkte es so unerhört verbindend.
 "Wir sind Genußmenschen - ohne den nötigen Weitblick!" dozierte ich und freute mich an der Erheiterung meiner neuen Gasteltern, "besser wäre natürlich, wir äßen Margarine."

Ich erfuhr, daß der Achim Rehlein am Telefon kennengelernt habe, wo ein so federleichter und scharmanter Wortabtausch stattgefunden habe.

Glück gehabt! Denn normalerweise klingt das hyperaktive Rehlein am Telefon gestresst und gehetzt.

Der Achim erzählte, wie er immer versucht, sich 40 Konzerte pro Jahr zu organisieren. Er schreibt 40 ganz persönliche, handschriftliche Briefe und bereitet 40 bunte, neugierig stimmen sollende Wundertüten vor. Die verschickt er alle, und 2-3 Tage später ruft er die Angeschriebenen an und ist immer ganz nett und voll ehrlichstem Scharm. (Ich schreibe „Scharm" so, weil „Charme" von deutschen Lippen gesprochen – bzw. deutschen Fingern getippt mich immer so an die lachhaften Heiratsgesuche in der „ZEIT" erinnert.)

Ich stellte uns vor, wie der Veranstalter dem Achim dann ganz sonderbare Fragen stellt. Z.B.:

"Wie viele Stunden üben Sie denn am Tag, junger Mann?"

"Sind Sie mit ihrem eigenen Spiel zufrieden?" oder "spielen Sie präzise, oder klötert es bei Ihnen - sprich: geht viel daneben?"

"Wie halten Sie es mit der Charakterdarstellung der Werke, und vorallem der Texttreue?"

Dann dachte ich uns noch aus, wie man in einem Prospekt eine ganze Seite mit solchen Fragen und den Antworten des Interpreten auflistet.

Überschrift: "Fragen, die uns Musikern häufig gestellt werden" und "Sollten Sie noch weitere

Fragen haben, so empfehlen wir Ihnen unsere Hotline."

Dann aber sprachen wir über jenen Aspekt im Leben, wie man wohl daran knabbert, wenn der Abschied nicht herzlich genug war.

Die kleine Judith weist den Achim manchmal brüsk ab, weil er es mit seiner Herzlichkeit übertreibt, und der Achim muß beim Gitarre-Üben zuweilen bekümmert darüber nachdenken.

Auf der Anrichte stand ein kleines Flugzeug, das der Achim extra für die Judith gebastelt hatte.

Zweimal hatte die Judith das Flugzeug schon anmahnen müssen:

"Papi, jetzt haben wir es *schon wieder* vergessen!" (Vorwurfsvoll, und auch entsetzt über sich selber, wie man dererlei in jungen Jahren nur vergessen kann?!) und Vati Achim hatte gesagt:

"Wenn ich *jetzt* nach Hause komme, dann mach ich´s! Ganz bestimmt!"

Davon ist die kleine Judith dann so fröhlich geworden, und Vati Achim bekam ein liebes Kinderküßchen.

Die Inga redet sehr gerne über ihre Schwangerschaft.

Beim speziellen Ultraschall für Frauen über 30 wurde festgestellt, daß alles so gut läuft wie es besser gar nicht laufen kann, und das *obwohl* die Inga zu Beginn der Schwangerschaft bei einer Tanz- und Theaterfreizeit war, und eine Woche lang ganz viel rauchte und trank, weil die Ärztin die Fehldiagnose gestellt hatte, sie sei doch nicht schwanger.

In der Zeitung konnte man über den 27-jährigen Magnus G. nachlesen, der den kleinen Jakob so grausam ermordet hat: Er würgte ein bißchen an ihm rum, packte ihn in einen Plastiksack und warf ihn einfach in den See! Wir Leser erfuhren, daß er einer Schicki-Micki-Clique angehörte, wo alle im Geld schwimmen, oder zumindest zu schwimmen vorgeben, und sich damit brüsten, was sie alles besitzen und machen: Geile Schlitten, tollen Urlaub, Betthäschen mit Schmollmund und hochhackigen Lackschuhen, und vieles mehr.

In seiner Wohnung fand die Polizei Hochglanzprospekte von Mercedes.

Auf meiner neuen Klick-Tel-CD-Rom aus dem Supermarkt hatte ich Frau Kettlers Bruder Ottokar, 80 Jahre alt, ausfindig gemacht, der nahe der tschechischen Grenze im bayrischen Lichtenberg lebt.

Ich erinnerte mich, daß einst auch der Opa mit seiner Schwester Lore verfeindet war. Etwas, was allerdings von einer großen Wiedersehensfreude überschwappt wurde, als er sie am 8. Dezember 1980 in Berlin anläßlich eines Klavierabends überraschend wiedertraf.

Es sollte jedoch das letzte Wiedersehen bleiben…

Man kann ja seine Feindschaft kurz unterbrechen und das frostige Ignorieren, das die Feindschaft feindschaftsgemäß nach sich zieht, hernach wieder fortsetzen.

Auch Frau Kettler ist mit ihrem Bruder verfeindet.

Nur einmal war er nett zu ihr:

Als sie etwa sieben Jahre alt war kam er - gut 25 Jahre älter als seine kleine Schwester - nach Hause, wirbelte sie durch die Luft, küsste sie auf den Kopf, und versteckte ihr ein paar Ostereier.

(Eine wirklich schöne Erinnerung aus den 50er Jahren und für Frau Kettler eine Kostbarkeit im Schatzkästchen der Erinnerungen)

Kleines Picknick auf dem Friedhof in Cremlingen.

Leider war das Wetter harsch-grau und hinzu ganz wirbelig geworden.

Schwärme an Herbstlaub wurden direkt durch die Lüfte gepfiffen.

An einer Stelle im Friedhof gab es nur eine einsame Grünfläche wo kein einziges Grab stand, und wenn man darauf oder darüberhinaus auf die Felder schaute, war es völlig einsam.

Ich setzte mich auf meine Bank zurück und trank heißen Tee, doch bald begann's zu nieseln. Ein Sprenkelregenpicknick.

Der Himmel war so grau geworden als hätte jemand in wilder Raserei alles über und über mit dem Bleistift besudelt.

Schließlich schrieb ich in der Kirche oben auf der Orgelempore ins Tagebuch, wo ich dann von Pfarrer Rohlfs entdeckt wurde.

Wieder bestätigte sich meine These, daß der eher unnahbare, graue und wenig greifbare Herr Rohlfs so unglaublich _gut_ ist.

Auf aufmerksame Weise hatte er allerlei bedacht: Vorn an der Straße war ein Reiter mit meinem Plakat aufgestellt, auf das hilfreiche Hände zweimal "Heute!" hingeschrieben hatten.

Später besuchte ich den Pfarrer ohne rechten Grund in seinem Pfarrhaus, denn noch war es mir nicht gelungen, die Fremdheit zwischen uns zu "knacken".
Ich wurde in ein gemütliches Tee- und Fernsehzimmer geführt. An der Wand hing ein Bild von Christian Rohlfs, einem Verwandten und bedeutenden Maler, dessen Gemälde man auch in der Emder Kunsthalle bewundern kann.
(Onkel Christian †). Etwas, wo man doch konversatorisch anknüpfen könnte, dachte ich freudig, denn haben wir nicht auch einen Onkel Christian, der bereits unter der Erde liegt?
Herr Rohlfs schickte sich an, einen Ostfriesentee für mich zuzubereiten und ich überlegte, wie es wohl wäre, *blitzschnell aus meinen Kleidern zu steigen und wie eine nackte Schönheit auf einem kunstvollen Ölgemälde in den Sessel hineingegossen dazuliegen, wenn der Geistliche mit dem Tee zurückkehrt?*
Etwas, das doppelt befremdlich wäre, da auch die Ehefrau des Geistlichen mittlerweile heimgekehrt war.
Abends fand mein Konzert in der Kirche statt.
Pfarrer Rohlfs hatte ein Tischchen über und über mit meinen blunzefarbenen CDs bebeigt, so daß es direkt ein bißchen unappetitlich ausschaute: So viele

quadratische Blutwürste...Doch nur *eine* wurde verkauft.

Sogar an ein Sträußlein für mich hatten die seelenguten Leute gedacht, auch wenn sie ihr Herz nach Niedersachsenart vielleicht nicht so auf der Zunge tragen.
Frau Rohlfs (mit Zigarette in ihrer Wohnung): "War schön!" (gesprochen mit neutraler, geschäftiger Stimme, aus der nichts herauszuhören war.)
Ich hätte bei den Eheleuten übernachten dürfen, doch meine Verehrerin Frau Lange in Wolfenbüttel fieberte meinem Besuch entgegen, und so fuhr der Geistliche eine Weile vor mir her, um mir den Weg nach Wolfenbüttel zu weisen.

Herr Lange war gar nicht daheim, und ist auch zur Stund, während ich dies hier niederschreibe, noch nicht zurückgekehrt.
Und so war ich mit Frau Lange, einer üppigen, fast quadratförmigen Frau mit einem kleinen, aber sehr eifrig wirkenden Kopf, der immer in Bewegung zu sein scheint, allein.
Wir setzten uns an den Küchentisch, mir wurde ein köstlich würziges Bihuhnsüppchen und ein Knoblauchbaguette offeriert, und es gefiel mir, so dazusitzen und das schöne Süppchen zu verspeisen.

Frau Lange erzählte von ihren beiden Töchtern, von denen die Ältere vom Schicksal mit so viel Glück bedacht wurde, wie die Jüngere mit Pech.

Die Ältere hat zwei süße kleine Kinder: Viktoria und Frederik. Wir schauten uns Fotos an, und die bezaubernden kleinen Kinder sahen so froh und glücklich aus, da diese Familie im Glück zu baden scheint.

Hernach zogen wir ins Wohnzimmer um, und Frau Lange fleezte sich nach Art einer Bohème aufs Sofa.

Einmal kam der 13-jährige Kater Rüdiger, der dauernd an der Türe herumgewinselt hatte ins Zimmer, und mir gefiel es, mit ihm herumzuschmusen.

Ich überlegte, wie es wohl wirken würde, wenn ich plötzlich sagte:

"Frau Lange, Sie langweilen mich!"

Samstag, 5. Oktober
Wolfenbüttel - Grebenstein

Ganz grau verquirlt und regnend

Frau Lange in ihrem leuchtend roten Schlafrock hatte bereits den Frühstückstisch gedeckt und man konnte sehen, daß sie einen riesenhften Po hat, obwohl im Haus alles mit Fitnessgeräten vollgerumpelt ist, und *Herr* Lange mit seinem steifen Bein das noble Standradel vor dem Televisor wohl kaum zu nutzen pflegt?

Jetzt freuten wir uns auf Herrn Lange vor und Frau Lange rief bereits mit einer etwas kiebigen

Ehefrauenstimme, die mir vor Herrn Lange direkt ein wenig peinlich war, an ihm herum. "Wolf-gang!"

Wir warteten auf den Hausherrn und ich erfuhr, daß das Auto von Langes 29-jähriger vom Pech verfolgten Tochter Kerstin geraubt worden sei.

Doch dann stellte man fest, daß es gar nicht geraubt war. Eine Bankfirma hat es einfach entfernen lassen, und die hartherzige Versicherung hat hernach jeden Pfennig zurückhaben wollen, weil´s nun ja doch nicht geraubt war.

Und die arme Kerstin verdient doch praktisch nichts!

Da erschien der Hausherr, und ich begrüßte ihn warm und freundlich.

Frau Lange gackerte ganz viel, sagt allerdings, anders als früher, nicht mehr "nich wa?" nach jedem Satz, und dann erfuhr ich, daß *Herr* Lange mal vom Baum gefallen ist. Und seither ist sein Bein steif.

Bei fast allem, was Omi Lange so erzählt denke ich, daß Herr Lange resigniert denkt:

"Was erzählt sie da bloß immer? Warum? Wozu??"

In Frühstücksbehagen gebettet ergriff Herr Lange das Wort, und erzählte das, was ich schon wußte: Daß man eine glückliche und eine unglückliche Tochter habe:

Die Glückliche ist 31 Jahre alt, gesund und schön, verheiratet mit einem gutsituierten Mann, verbeamtet und wohlverdienend, wohnt in einem feinen Stadtteil von Braunschweig und hat zwei süße Kinder.

Und die Kerstin, 29, ist arbeitslos, antriebsarm und hat mehr als 30 000 Mark Schulden, da sie irgendeinem betrügerischen Jobangebot nachgegangen war.

Sie wünscht sich nichts glühender als eine eigene Familie, doch ob eine derart hochverschuldete, hinzu nicht sonderlich attraktive, dünne und blasse Frau hierfür den nötigen Reiz ausstrahlt?

Dann erfuhr ich, daß Frau Lindemann, die älteste Frau Deutschlands, die gerad um die Ecke gelebt hatte, und die Herr Lange als Fotograf und Journalist seit elf Jahren Jahr für Jahr für die Zeitung porträtiert hat, im Frühsommer mit 111 Jahren nun doch noch heimgeholt wurde.

Bis zum Schluß sei sie allerdings eine lustige alte Dame gewesen, die stets viel gelacht hat, das Leben nicht so ernst nahm, und als begeisterte Konzertgängerin im Jahre 1997 sogar mein Konzert in Wolfenbüttel besucht habe!

Sie lebte bis zum Schluß daheim, und bewältigte den Alltag ganz alleine.

Eines Tages schlummerte sie nach dem Mittagessen ein und wachte nicht mehr auf.

Bertha Lindemann: *11.3. 1891 - † 29.5.2002
(Die älteste Frau Deutschlands)

(Jede einzelne Sekunde des Jahrhunderts 1900 - 2000 miterlebt!)

Dann durfte ich auch noch üben und war froh drum. Am liebsten hätte ich eine ganze Stunde lang geübt, um vor mir selber eine abgerundete

Arbeitseinheit vorzuweisen. Doch nach 38 Minuten wollte Mutti Lange, die mittlerweile wieder in ihrem zierenden Kostüm stak, zum Einkaufen aufbrechen und fuhr somit vor mir her, um mir den Weg zur Autobahn zu weisen.

Grebenstein zur Mittagsstund´:
Ich parkte an der vertropften Gartenhecke und rannte durch nieselnde Trübe zu Frau Wyss, die mir, mit einer modischen Grauhaar-Frisur bestülpt, die Türe öffnete.

Später erfuhr ich, daß unser Verwandter, der Frisör Hilgenberg künstlerisch auf ihrem Haupt herumgewütet habe.

Frau Wyss war so froh zu hören, daß ich bis Montag hier bleibe, so daß sie heut noch zum Kegeln gehen kann. Sie bat mich in die Wohnstube mit den vielen Geweihen an der Wand, um mir die Aussicht auf ihren verregneten und üppigen Garten zu zeigen, und ich erfuhr, daß unsere Reinmachefee Frau Reimich im Krankenhaus liegt: Das Herz!

Daheim in der Grebensteiner Wohnung war´s ganz warm und sehr ordentlich.

Die Omi lag mit offenem Munde auf dem Bett und man hörte gar nichts. Ein bißchen schien´s mir so, als sei meine liebe alte Oma nun doch sanft entschlafen.

Ich dichtete ein bißchen, doch beim Dichten fühlte ich mich nervös und angespannt.

Im Geiste suchte ich bereits nach passenden Worten für die fassungslosen Verwandten:

Daß die Oma im Rahmen ihres Mittagsschlummers an einem regennassen Tag friedlich entschlummert sei. Mir nichts, dir nichts in die Ewigkeit entsickert… Man schaut auf den leeren alten Rollstuhl, in den liebe Hände ein wärmendes Lammfell hineingeschmiegt haben, der ganz plötzlich überflüssig geworden ist, und nicht mehr gebraucht wird.

Später bemerkte ich dann allerdings, daß die Omi doch noch leise atmete, und dabei war mir doch gerad noch so feierlich zumute gewesen.

Nach einer Weile sattelte ich die Omi dann auf, und wir Damen waren sehr warm und nett zueinander.

Wir saßen beim Tee, und die Omi erfand ein lustiges Gedicht, das zu ihrem 90. in der Zeitung kommen könnte - mit der Grundbotschaft, daß sie längst in "die Kiste" gehöre. (Leider habe ich es mir nicht auswendig gemerkt)

Dann erzählte mir die Omi, daß die Hilde neulich heimlich in Grebenstein war, weil sie Buz begegnen wollte. Hildes Gefühle schwanken immer noch, und vielleicht hat sie sich vorgestellt, Buz im Morgennebel auf seinem Gang zum Brötchchkauf wie zufällig zu begegnen. Dann aber verließ sie auch wieder der Mut.

Zusammen mit dem kleinen Yüsslein besuchte sie die Omi, und fuhr dann wieder nach Hause zu ihrem Omar, um ihm mit neuer Frische zu begegnen.

Um zirka halb sieben am Abend holte ich den Onkel Eberhard und seine Familie vom Bahnhof ab. Es hieß ja, ich solle heut in der Pension Winter übernachten, und ich fühlte mich ganz wurzelfrei, da ich doch morgen ganz früh in Göttingen im Gottesdienst musizieren muß.

Inmitten der Verwandtschaft saß ich nun in Omis Stube.

Ich erzählte vom plattdeutschen Gottesdienst, wo der Geistliche in der Predigt nur Dinge sagte, die jeder weiß. Er sagte: "Dej Mensch sin ooooul verschieden..." Mit diesen Worten bepredigte er etwa 23 nahezu identisch ausschauende holsteinische Seniorinnen, und der Onkel Eberhard lachte so nett über diese scherzhafte Geschichte, so daß ich´s heut noch vor mir sehe, wie er damals erheitert gelacht hat.

Die Pension Winter war leider ausgebucht, und so riefen wir die Frau Andreas an, und ich sagte: "Es war schon immer ein Traum von mir, einen Abend meines Lebens mit Ihnen zu verbringen!"

Später reuten mich diese Worte leicht, denn auch wenn sie der Wahrheit entsprechen, so klangen sie ja doch ein wenig verhohnepipelnd, und dann fühlte ich mich plötzlich nervös und getrieben, grad weil ich zu spüren glaubte, daß Frau Andreas am anderen Ende von Grebenstein sich vielleicht auch nervös und getrieben fühlen könnte, da ja *Herr* Andreas vielleicht lospoltert? "Wir sind doch hier kein

Groun-HoTEL!" Und gegen Satzende steigert er die Lautstärke bedrohlich…

Abends telefonierte ich mit Pastor Praun in Göttingen.

Der Geistliche redete und redete und schien in seinem Redefluß niemals zum Stillstand zu kommen, denn ein Ende seiner Reden war nicht abzusehen.

Hernach fuhr ich mit dem Onkel Eberhard zu den Eheleuten Andreas, und ich fand die Frau Andreas so süß und knuddelig. Im Keller umarmte ich sie freudig, weil sie die Ausstrahlung hatte, daß sie sich über dererlei freut - und dies stimmte!

Oben hatten es sich die Herren bereits bei einem Bier bequem gemacht, und filterten uns Damen hessengemäß aus ihrer Unterhaltung völlig heraus.

Man muß allerdings auch zugeben, daß diese Themen nichts für Frauen waren:

Man sprach nämlich über den Islam.

Erst als der Onkel Eberhard wieder gegangen war, widmete sich der leicht aufbrausende Herr Andreas auch mir.

Er schilderte mir ellenlang wie ich nach Göttingen gelange, und dabei hatte ich doch gar nichts zum Schreiben dabei, und spätestens nach der dritten Biegung in seiner Schilderung bereits den Faden verloren. Dann polterte Herr Andreas zweimal grob gegen seine liebe Frau auf, die ich an diesem Abend so geliebt habe, als sei´s die jüngst verstorbene Omi Mobbl!

Auf vergnügliche Weise wollte Omi Andreas schildern, wie ihre Enkelin Stephanie an der Kölner Musikhochschule nur an der Theorie scheiterte.

Doch Herr Andreas bewarf die ansprechende Erzählung auf plumpe Weise mit kleinen Giftpfeilen und schnaubte verächtlich, daß das doch überhaupt nichts bringen würde, wenn die Enkelin nachher in Hintertupfenbach sänge!

Und einmal schilderte Frau Andreas wie irgendwelche Musiker nur ganz technisch und kalt gespielt hätten, und Herr Andreas stöhnte aufbrausend, daß es ohne Technik doch wohl auch nicht ginge! Oder wie stelle sie es sich wohl vor??!

Sonntag, 6. Oktober
Grebenstein - Göttingen

<u>Ganz</u> grau und sehr viel, z.T. prasselnder Regen

Früh am Morgen erhob ich mich in jenen Tag hinein, wo ich mich schon sehr früh auf den Weg nach Göttingen begeben mußte, um im Gottesdienst zu musizieren.

Mutti Andreas rumpelte bereits fleißig in der Küche herum, weil ich als Gast eine richtige Aufgabe und Herausforderung für sie bin.

Auf der Stiege sinnierte ich über meine Tante Debbie in Amerika nach, deren Dopaminspiegel morgens immer so erschreckend in die Tiefe gesunken ist. Erst im Laufe des Tages steigt er an, und die Debbie verwandelt sich in jene nette und fröhliche Amerikanerin zurück, die einst von unserem Onkel Dölein aufgeheiratet wurde. Doch nach dem morgendlichen Erhöbnis ist sie meist so grauenhaft mißgestimmt, wie eine alte Violine vom Dachboden, auf der seit Jahren nicht mehr gespielt wurde.

Onkel Dölein lernte die Deborah an einem Abend kennen, und traf sich fortan nur abends mit ihr, da er tagsüber beschäftigt war. Erst nach der Eheschließung bemerkte er, daß seine Frau morgens ungenießbar zu sein pflegte.

Hätte er dies vorher gewusst, so hätte er sie doch wohl kaum geheiratet?

Jetzt malte ich mir aus, wie´s wohl wär, wenn es bei mir auch so wäre?

Wie ich meiner Gastmutti Frau Andreas die schon so emsig das Frühstück für mich zubereitete dann bloß entgegentreten solle? Ich malte mir sogar aus, *daß ich einfach die aufbrausende Art von ihrem Heinrich adaptiert hätte.*

Oben redete Frau Andreas mit ihrer leicht lispelig klingenden Stimme so laut und durchdringend, daß ich richtig Angst bekam, der Heinrich - in seiner Morgenruh molestiert - würde plötzlich dastehen und uns so zusammenbrüllen, daß man hernach in Schockstarre verfällt?

Wir Damen saßen uns im Schein der Lampe gegenüber, ich aß ein Brötchen mit Marmelade und erwog, Frau Andreas das verwaiste Zimmer Mobblns in meinem Herzen anzubieten.

(Etwas, das ich später beim Mittagessen genauer schilderte:

Daß mein Herz nämlich eine Pension sei, in der mehrere erlesene Personen leben. Wenn einer stirbt, so wird ein Zimmer frei.)

Ich erfuhr, daß Frau Andreas ein neues Knie bekommen habe, und das andere sei demnächst auch fällig, denn vor der Operation wurde es Frau Andreas freigestellt, welches Knie man wohl zuerst drannehmen solle?

Alle in der Familie Andreas sind hochinvalid: Sogar der Hund Felix wurde erst unlängst in der Universitätsklinik Göttingen wegen Krebsverdachts operiert.

Ich erfuhr, daß der Jugendfreund von Frau Andreas auch einmal aufgetaucht sei. Dies erfuhr ich aus jenem Grunde, da ich derzeit allen die Geschichte von Jochen Zieger erzähle: Rehleins Jugendfreund, den ich aufgestöbert habe, und der sich demnächst auf den weiten Weg von Norddeutschland in das letzte Eck Österreichs begeben will, um seine einst´ge Flamme Rehlein zu besuchen.

Frau Andreas erzählte, daß das Wiedersehen eher ernüchternd gewesen sei. Allerdings habe er heilende Hände. Nachdem er ihr nämlich die Hand gegeben hatte, verschwand eine Zyste in ihrer Brust!

Dann taute der Tag in diesem Sinne an, daß die Dunkelheit einen gräulichen Stich ins nässend Trübliche bekam, und ich fuhr nach Göttingen.

Als ich in Göttingen vorfuhr regnete es laut und prasselnd, so daß ich mein Auto erstmal gar nicht verlassen konnte, als ich vor der Kirche parkte.

Bald darauf lernte ich den zirka 28-jährigen, leicht skurrilen Junggeistlichen "Uwe Praun" kennen, der mit einem gelben Postfahrrad unterwegs war auf dem zu lesen stand "Pfarrer im Dienst". Er lieh mir einen großen schwarzen Regenschirm unter dem ich in plätscherndem Regen die Vorbereitungen für den Auftritt im Gottesdienst traf.

In der Sakristei lag eine Zeitung herum, und dort las ich, daß Dieter Bohlen sich mit seiner Verona immer bloß gestritten habe, doch im Bett wiederum sei sie eine Granate gewesen.

Nach dem Gottesdienst fuhr ich nach Grebenstein zurück, und malte mir aus, *wie selbstverständlich ab sofort bei den Eheleuten Andreas weiterzuleben. Ich fahre hin, an der Türe schnuppere ich erfreut den Düften aus der Küche hinterher und rufe aus: "Hmmm! Duftet das aber lecker!"* …
… *"Na, da sage ich nicht nein!"*

Denn es heißt doch, den Mutigen und Unerschrockenen gehöre die Welt!

Aber natürlich fuhr ich stattdessen zur Omi.

Vor der Türe haben die Kinder vom Schröder eine schwarze Flagge mit einem großen Totenkopf drauf eingepflanzt, so als sei dort eine Leiche verscharrt.

Die Familie um die Omi herum saß schweigend am Tisch, und speiste an einem schönen Sonntagsmahl herum, das der Onkel Ebi eigenhändig zubereitet hatte: Brechbohnen, Kartoffeln und zarte Fleischstücke mit feinster Kapernsoße.

Als ich mich hinzugesellte, ging es etwas lebendiger her, und ich erzählte von meinem neuen Leben beim Ehepaar Andreas, und machte auch noch enthemmt vor, wie es sich anhört, wenn Herr Andreas kurzatmig und bedrohlich aus der Haut fährt, obwohl es mir vor der Kathi, die etwas schweigsam veranlagt ist, gleichwohl leicht peinlich war. Ich frug mich, was sie von ihrer erwachsenen Kusine wohl so halten mag?

Nach der köstlichen Mahlzeit war schon wieder der Onkel Eberhard dran mit spülen, und ich staune immer, mit welcher Selbstverständlichkeit die Damen einfach sitzen bleiben, und den Eberhard machen lassen, auch wenn´s geheißen hat, *sie* hätten dafür im Duett das Frühstücksgeschirr abgespült.

Gabi und Kathi kommen mir vor wie eine Einheit, zumal die quirlige Gabi die Wesenszüge einer unbekümmerten 18-jährigen trägt. Sogar verschönt mit Astor hatte sie sich für den Sonntag.

Während der Eberhard so emsig spülte, sprachen wir über Gabis Halbbruder Peer (von einem anderen Vater gezeugt), der eine Frau geheiratet hat, die von der Gabi absolut nicht ausstehen gekonnt wird.

Sie sei "blond".

Die Gabi sprach die schöne Haarfarbe hohndurchsetzt aus, solcherart als wolle man mit unkeusch herabhängenden Augenlidern und einem sinnlich enthemmt abgeknickten Haupt, das ein hirnloses Blödchen symbolisieren soll, eine Speichelblase aus seinem Munde entweichen lassen.

Liebevoll brachte ich meine Omi zu einem Mittagsumschlummer ins Bett und freute mich, daß die Omi, die von Gabi & Kathi kaum wahrgenommen wird, so warm zu mir war.

Folgendes geschah, während die Omi schlief:
Eberhards kleine Familie begab sich ins Caféhaus, und ich fuhr einfach zu Frau Reimich ins Spital.
Frau Reimich lag in einem Dreibettzimmer.
Sie umarmte mich herzlich und duzte mich einfach, da wir ja im Prinzip dicke Freundinnen sind.
Obwohl omibedingt in Eile steckend - ich befand mich in einem Wettlauf mit Omis Mittagsschlummer - setzte ich mich ans Krankenbett und hörte mir die Verkettung tragischer Umstände an, die Frau Reimich hierher geführt hatten:
Wie bei so vielen anderen, begann auch ihr Unglück damit, daß ihr eine schwarze Katze über den Weg gelaufen war. Nur wenige Sekunden später stürzte sie vom Fahrrad und rammte sich die Lenkstange mitten ins Herz.
Danach hatte sie das Gefühl, daß das Herz bei dieser unschönen Attacke in den Hals hinaufgehüpft sei, und sie plötzlich zu ersticken drohte!
Man schaffte sie ins Spital und dort wurde Diabetes diagnostiziert. Etwas, nach dem doch gar nicht gefragt worden war!

Heute hieß es zudem, sie müsse 29 Kilo abspecken!

Dann erfuhr ich, daß die 88-jährige Omi in dem leeren Bett daneben in der Nacht gestorben sei!

Abends fand mein Konzert in Göttingen statt.

Nach Bachs C-Dur Sonate rief ein sympathischer Herr in der ersten Reihe "Bravo!"

"Herr Scheidt", wie sich später herausstellen sollte, denn bei den Eheleuten Scheidt fand ich ein Nachtquartier.

Pfarrer Praun hatte mir ja eigentlich seine Stadtwohnung versprochen, *aber dann hat ihm seine Ehefrau vermutlich den Marsch geblasen, und so hat der Geistliche, der sich der Gattin gegenüber hündchenhaft zu geben pflegt, die Übernachtungsgewährung* einfach auf die Scheidts abgewälzt, jenes Ehepaar das in der ersten Reihe saß.

Ich fuhr hinter dem radelnden Geistlichen her, der mir den Weg zu meinem Nachtquartier wies.

Abends bei den Scheidts:

Wieder lernte ich heut ein Ehepaar kennen, wo mir der Herr viel besser gefällt als die Dame. Sie mit ihrer grauen Pilzfrisur ist mir ein bißchen fremd, obwohl sie mir gleichzeitig so bekannt vorkam. Es könnte sein, daß diese Frau die zweite Liebe von Jochen Zieger war, denn sie hatte mal einen Lover, der so hieß. Vielleicht war dies aber auch einer der anderen zehn Jochen Ziegers die in Deutschland unter uns leben.

Montag, 7. Oktober
Göttingen - Grebenstein

Trübe und regnerisch

Cornelia Scheidt, die Dame mit der grauen Pilzfrisur deckte den Tisch, und ich nahm die Einladung zum Kaffee vielleicht eine Spur *zu* bereitwillig an?

Nach einer Weile kam der nette Herr hinzu und man muß sagen, daß der kunstvoll aufgeschäumte Kaffee wirklich fantastisch schmeckte.

Ich machte dem köstlichen Kaffee ein riesengroßes Kompliment, und fügte einen kleinen Scherz hintan: "Sie können sagen: Meine Frau schäumt jeden Morgen auf!" bescherzte ich den netten Herrn, und dann erzählte ich von meinem anderen Gastvati, Herrn Andreas, der immer so leicht aufschäumt, daß seine Elisabeth ausruft: "Heinrich, Dein Herz!"

Herr Scheidt erzählte folgende unglaubliche Geschichte: Wenn Josef damals für seinen untergejubelten Sohn JESUS ein Sparbuch mit nur einem vereinzelten Pfennig drauf angelegt hätte, dann wär durch die Zinsen in dieser langen Zeitspanne heut bereits mehr Geld drauf, als es auf der ganzen Welt überhaupt gibt!

Ich erzählte dem Ehepaar, daß ich so etwa 385 Ehepaare kenne, und schoss auch ein Foto von ihnen für meine Sammlung an Ehepaaren.

Dann fuhr ich heim zur Omi.

Die Omi saß mit ihrem Jüngsten, dem Onkel Eberhard zu Tisch, und der Onkel schnitt Möhren klein, dieweil er uns Damen ein feines Möhrensüppchen zu hinterlassen gedachte.

Gabi & Kathi nächtigten noch auf Schülerlandheimbasis im Teezimmer, und dabei war´s doch bereits zehne durch!

Onkel Eberhard und ich fuhren zum Einkauf in die Stadt, und der Eberhard erzählte auf jene verdrossene Art, wie einst der junge Herr Andreas, daß "die Muddr" immer irgendwelche Machtkämpfe durchfechten muß. Z.B. wollte sie unbedingt, daß der Eberhard die Brötchen beim R-Kauf kauft - doch der Eberhard ärgerte sich maßlos über ihre Insistenz und kaufte sie somit hochverärgert und mit Fleiß bei Diekmann, dem hochangesehenen Grebensteiner Stadtbäcker.

Wieder daheim:
Der Onkel Eberhard hatte für seine Lieben ein Novum gekauft:

Einen auf einen Stengel aufgespießten Apfel, den man in Schokolade getunkt, und hernach mit bunten Zuckerkügelchen geschmückt hatte. Darüber freuten sich die Damen sehr, aber dann gab es ein großes Geschrei, weil das Familienoberhaupt nicht die schöne Grebensteiner Wurst gekauft hat. Gabi & Kathi als Einheit kriegten sich nach Art verwöhnter Backfische überhaupt nicht mehr ein!

Einmal wollte die Omi jenes Anekdötchen aus ihrem Leben erzählen, wie sie das Gepäck ins falsche Schließfach gestellt, und ein anderes abgeschlossen hat. Die Kathi lachte auch höflich auf, doch dann lief sie einfach in die Küche, obwohl die lustige Geschichte doch noch gar nicht zuende erzählt war.

Da tat mir die kleine Omi so leid, und ich schenkte ihr mein Ohr doppelt und dreifach.

Bald darauf verabschiedeten wir uns von der Omi um durch das Nieselwetter zum Bahnhof zu marschieren, und die unbekümmert veranlagte Gabi mit ihrer sehr fernen Wellenlänge zur Omi, hätte die Verabschiedung sogar beinahe gänzlich vergessen!

"…hab ich doch!" sagte sie zwar auf pubertäre Weise, doch die Omi vergisst ja nichts - jetzt z.B., hatte sie nicht vergessen, daß sie gar nicht verabschiedet worden war, wo sie doch einer kleinen Freundlichkeit entgegengefiebert hatte. Die Gabi legte ihre Hände auf Omis schmale Schulterblätter in dem schicken Blüschen, mit dem sich die Omi für ihre Lieben verschönt hatte, hauchte ein Küßchen in die Luft, und wegwarse.

"Also, ich würd ja platzen!" sagte die Gabi wenig später herzlos über Omis enges kleines Leben.

Wir waren am Bahnhof angelangt, und verabschiedeten uns, und die Gabi lachte noch laut und amüsiert, weil ich gesagt hatte:

"Jetzt werdet ihr mit Staubsaugergewalt aus meinem Leben gesogen."

Daheim bei der Omi kam es so, wie es der Onkel Eberhard prophezeit hatte: Als ich nämlich sagte, daß die Frau Reimich im Spital sich ein Buch wünsche, sagte die Omi unangemessen unwirsch:
"Ach Gott, die braucht doch kein Buch!"
Ich sagte zwar nichts, doch als die Omi wenig später riet, Onkel Eberhards schönes Möhrensüppchen hinwegzukippen, meinte ich, wenn auch wertungsfrei im Tonfall, sie müsse dringend an der Verbesserung ihres Charakters arbeiten.
Worte, die auch Herrn Andreas guttäten.

Heute erfuhren wir, daß Prinz Claus der Niederlande gestern in den frühen Abendstunden für immer eingeschlafen sei.
Hie und da wurde das Drama aus den Niederlanden in den Nachrichten vertieft und wir erfuhren, daß der Claus früher der allerunpopulärste, jetzt aber der allerpopulärste Deutsche von ganz Holland sei.
Früher bepöbelte man ihn wüst, weil man ihn als Buben in die Hitlerjugend geschickt hatte, doch heute wird er von allen geliebt und beweint.
Unfaßbar wäre es, wenn die Beatrix nur wenige Wochen nach seinem Tod einen Muslimen heiraten würde.
"Jetzt werden aber alle Frauen, die einen Mann namens Claus haben ganz nachdenklich!" erzählte ich der Omi, und dachte dabei an die Antje.

Einmal telefonierte die Omi mit dem Utelchen, ihrer Ältesten in Rom, und ich hörte wie sie über die Gabi sagte:

"Ach, das Mädchen taugt nicht viel!"

Dienstag, 8. Oktober
Grebenstein - Karlsruhe

Nach weißem Nebel zu Tagesbeginn
atemberaubend schön wie in Australien

Am Morgen war ich ein bißchen bös auf die Omi, weil sie so ein ungezogenes Geschrei drum gemacht hat, daß ich die Frau Wyss angerufen hab um zu bitten, daß man das schöne Süppchen, das der Onkel Eberhard so liebevoll für uns gekocht hatte *nicht* wegschütten möge, wie's die Omi dauernd aufdringlichst verlangt.

"Mädchen!" rief die Oma ungezogen, so als bebten meine Worte vor Unverstand.

Frau Wyss war allerdings gar nicht zuhause und ich erzählte der Omi, was sogar theoretisch hätte passiert sein können?

Daß die Frau Wyss von einem Bekannten entführt wurde:

Die Entführung vom kleinen Jakob hat ihn dazu inspiriert, und er lockt Frau Wyss unter einem billigen Vorwand in seine Wohnung:

"Dein Mann hat seine Jacke bei mir vergessen!"

Dann klebt er ihr mit Klebeband Mund und Nase zu und stopft sie in einen Müllsack.

Für *Herrn* Wyss präpariert er einen Brief in knappem Stile: 1 Million €uro - keine Polizei!

„Es gibt so böse Menschen!" erzählte ich der Omi schaudernd.

Dreimal klingelte das Telefon, und beinah wäre es Buz aus Korea gewesen, da man nämlich nur einen Pfeifton hörte, und es Buz mitten in der Nacht in einem fremden Land vielleicht langweilig war?

Doch eine Mutter spürt es, wenn ihr Sohn anruft und beides mal war´s ja doch nur die Frau Wyss.

Ich hatte die Oma gebeten bei Frau Wyss durchschimmern zu lassen, daß ich die Frau Reimich im Spital besucht habe, denn Frau Wyss soll nicht denken, ich sei ein dummes Ding, das nur seine Karriere im Kopf hat. Sie soll denken, daß ich eine Variante von der Mutter Teresa bin, scherzte ich.

Doch nun erzählte ich es Frau Wyss schon selber.

Hernach besuchte ich Frau Reimich schon wieder im Spital:

Der Omi hatte ich einen Kriminalroman abgeschwatzt, den ich jetzt als Gastgeschenk mitbrachte.

Zuvor hatte ich mindestens zwanzig von Omis gesammelten Kriminalromanen angelesen, um einen besonders Ansprechenden herauszusuchen.

Frau Reimich mit ihrer Wischmoppfrisur war heut nicht so froh gestimmt:

Man stellt sie hier gegen ihren Willen auf den Kopf, und bei den unzähligen Untersuchungen kommen immer mehr gesundheitliche Mißstände ans Tageslicht, vor denen man doch lieber den Kopf in den Sand stecken möchte:

Heut z.B.: Beginnender grüner Star!

Vielleicht wäre es besser, sie gleich einzugraben! meinte sie und lachte zu diesen traurigen Worten ein freudloses Frühjahrsputzlächeln.

Gemeinsam besuchten wir Damen die sehr schöne Krankenhaus-Cafeteria.

Doch dort trank Frau Reimich nur Wasser, um vor sich selber mit gutem Beispiel voranzugehen, da ihr die Ernährungsberaterin geraten hatte sich auf 60 Kilo hinabzuhungern (von bislang 89).

Frau Reimich ist chronisch geladen auf ihren Ehemann Andrej, und erwägt sogar ihn zu verlassen und ganz zur Omi zu ziehen.

Nur durch ihn, und sonst durch niemanden, sei sie so krank geworden!

Der Andrej, dessen Haut nach einem schrecklichen Hausbrand vor vielen Jahren in der alten Heimat zu 35% verbrannt ist, ist leider <u>sehr</u> verbittert - und im Grunde wäre er auf dem Friedhof besser aufgehoben.

Morgen wird Aileen Wuornos, über die ich mal ein ganz langweiliges Buch gelesen habe, in Miami durch die Giftspritze hingerichtet. Das große Amerika entledigt sich somit einer kleinen bösen Frau, die wie eine Zecke von diesem großen geografischen Tuch entfernt, zerrieben und ins Klo hinabgespült wird, damit dieses düstere Kapitel der Menschheitsgeschichte ein Ende findet.

Sie ermordete sieben Herren. U.a. einen tiefgläubigen Baptisten, der jetzt somit im Baptistenhimmel ist.

Es gibt noch ein paar wenige, die sich für die gestrauchelte Sünderin einsetzen, und vor dem Gefängnis ein paar Schilder in die Höhe recken, doch viele sind´s eigentlich nimmer.

Abends war ich bei meinen neuen Gasteltern Konrad und Margarethe in Karlsruhe zu Gast.

Die Margarethe mit ihrer gemähten Rasenfrisur stak bereits im Schlafanzug und ergötzte sich an Dieter Bohlen, der bei Johannes B. Kerner zu Gast war, wo er sich selbsterfreut produzierte, plauderte und die Lacher auf seiner Seite hatte.

Im Zimmer roch´s leider leicht nach Furz und kaltem Rauch, doch die warmherzige Margarethe lud mich sogar ein, mich zu denen ins Ehebett zu legen.

Man fand den Dieter so köstlich und ansprechend.

Mittwoch, 9. Oktober
Karlsruhe - Trossingen

Schön sonnig.
Bloß im Schwabenland
ein leicht schönheits-dämpfender Wolkenüberzug

Der Konrad saß mit der kleinen Rebekka auf dem Schoß in der Küche, und bald darauf kehrte Mutti Margarethe vom Poldi-Wegbrung zurück, da der kleine Leopold mittlerweile in den Kindergarten geht.

Die einjährige Rebekka ist ein sehr ruhiges und besonnenes Kind. Sie mag mich gern und lächelt mich oftmals freundlich an. Manchmal - allerdings gottlob eher selten - heult sie laut auf und hält dann mitten im Geplärr plötzlich wieder inne.

Omi Agnes sei eine rabiate Impfgegnerin, berichtete der Konrad. Sie bestürmt die jungen Leute mit grausigen Anti-Impf-Impformationen, doch leider ist es so, daß man die Kleine an Omis Argusaugen vorbei ja doch heimlich impfen ließ, weil der Kinderarzt so insistent war, und nun ist man gezwungen mit dieser Heimlichkeit weiterzuleben.

Man tut so, als sei sie hochbiologisch ungeimpft - aber sie ist es doch!

Nur eine ganz kleine Impfung gegen Keuchhusten - redete Vati Konrad das Ganze schön.

Als die Margarethe wieder heimgekehrt war, erörterten wir jene Frage, die ich mir unlängst selber gestellt habe: Wie es wohl anginge, daß die Erwachsenen andauernd im Fernsehen und Radio die Nachrichten hören, und dann am nächsten Tag in der Zeitung genau *das* nochmals lesen, was sie gestern den ganzen Tag über schon gehört haben?

Durch das kleine quadratische Durchreichefenster das Küche und Stube miteinander verbindet, könnte die Margarethe ihrem Mann zum Abendbrot doch die Nachrichten aus der Zeitung vorrezitieren?

Die Margarethe probierte dies Löblikum sogar aus und machte vor, wie das wirken würde, und dann sang sie auch noch mein Lieblingslied „Kalonkadour", so daß der Konrad, der grad hereinkam leicht befremdet gewesen sein mag, was das wohl solle? Überhaupt ist seine eigene Frau für den Konrad ein Rätsel. Doch er hat sich bereits abgewöhnt sich über sie zu wundern.

Neuerdings nimmt die Margarethe Cellostunden bei einem Herrn, und dieser Herr besteht darauf, daß sie nackt auf dem Cello spielt. ← Naaaain! Letzteres habe ich natürlich nur erfunden, um den Leser zu überraschen.

Da befiel mich die Idee, daß die Margarethe nach dem jähen Exitus ihres Celloprofessors doch in die Show vom Pfarrer Fliege gehen sollte.

Heute mit dem Thema: "Wenn der Lehrer stirbt - Schüler, die auf halber Höhe stecken bleiben".

Ich las über eine Frau, die mit ihrem Chät-Freund fremdging, und mußte dabei an Rehlein und ihren Jugendfreund Jochen Zieger denken, denn es wäre doch irgendwie befremdlich, wenn der Jochen nach so vielen Jahren endlich kommt, und Rehlein ihm das Gästezimmer anbietet?

Andererseits wäre es aber auch seltsam, ihn gleich mit ins Ehebett zu nehmen(?).

Wie würden Sie entscheiden?

Gegen 16:55 war ich wieder in Trossingen und fuhr gleich zum "Minimal", um mich mit Einkäufen einzudecken.

Der „Minimal" schaute so anders aus, daß man ihn gar nicht mehr wiedererkennen konnte, und so zerfiel das unangenehme Gefühl, irgendwelchen falschen „Freunden" aus der Musikhochschule zu begegnen, das einen in diesem Schmelztiegel der Hohnerstadt beständig zu begleiten pflegt, zu Staub.

Stattdessen wurde ich nun vom Gefühl erfasst, nach 50 Jahren wieder in Trossingen zu sein, und alle seien mittlerweile verstorben.

Zwei persönliche Briefe hatten sich in all den Monaten für mich angesammelt: Nämlich vom Linda- bzw. Rehlein und ich fand beide so entzückend. Dankbar und gerührt rief ich in Ofenbach an.

Ich erfuhr folgendes:

Leider hatte es Ming in Physik nur zu einem Vierer gelangt, und dabei hatte der süße Schatz so fleißig geübt!

Mit Ming sprach ich nun darüber, daß er Rehlein darauf konditionieren solle, daß sie den Jochen nicht so begrüßen dürfe wie damals den Onkel Otto nach vielen Jahren des Nichtgesehenhabens: Den Begrüßungsarm in eine Schranke verwandelt, mit flach ausgefahrener Hand und steif übereinandergeschichteten Fingern zu einem hölzernen Händedruck ausgefahren, und dem spröden Ausruf "Grüß Gott!" auf den Lippen. (Doch Rehlein hatte ihren Lieblingsonkel damals nur aus jenem Grunde so begrüßt, um ihre Rührung zu verbergen.)

Donnerstag, 10. Oktober
Neblig verhangen

Im Morgengrauen:

Ich fühlte Stress vor dem Tage und vor dem Konzert in Niedereschach, von welchem man zur Stund´ nicht wußte, ob´s wohl ein Minusgeschäft wird? ... und dann glitt ich fast unmerklich in eine Traumwelt hinein und dachte, es sei die Realität, die mich da umschwebt:

Der Weg von der Wohnstube in die Küche war so weit, daß es sich anfühlte, als müsse man sich auf einen kilometerlangen Marsch begeben, wenn man sich nach den Mahlzeiten erhob, um das Geschirr zur Spülmaschine zu tragen.

Ich schlug Rehlein vor, mehrere Wände herauszubrechen. Dann hätte man hier einen schönen Konzertsaal, wo Rehlein das, was sie geübt hat auch mal vor Publikum vortragen könne?

Und dann erzählte ich Rehlein noch, wie Boris Becker (im wahren Leben) auf seiner Finca sogar ein antikes

Amphitheater für die Straps-Babs mit ihren Gesängen errichten ließ.

Ich räumte unseren Eßtisch leer, an dem das Ilslein Platz genommen hatte, (Opas Kusine, die im wahren Leben seit 1996 auf dem Gottesacker liegt) *und in jenem Flur vor Opas Zimmer sprach sie mich darauf an, daß bei ihnen das Obst reif sei, und sie uns winzige Obstteile mitgebracht habe, die jetzt auf dem Boden lagen. Z.B. weiße Ribisel.*
(Traumesunlogik pur, und ich glaubte all diesen Unsinn auch noch!)

Ich übte den ersten Satz von Mozarts B-Dur Sonate mit Tonband, und lernte viel dabei - z.B., daß man an vereinzelten Stellen das Publikum in die musikalische Plauderei mit einbeziehen solle, statt es einfach so, mit übergroßem Ernste anzuzeigen.

Zum Frühstück schaute ich "Brisant":
Aus einem Zirkus in Potsdam war ein Tiger entwischt und ließ sich kaum einfangen. Zum Schluß mußte das Tier sogar mit Schlafmitteln beschossen werden.
"Wie sollen wir jetzt beweisen, daß das kein Werbegäg war?!" sagte der Zirkusdirektor mürrisch und verdrossen.
Dann machte ich mir einen Plan und bepflasterte den ganzen Tag unbarmherzig mit Tätigkeiten, so daß ich mich immer im Zeitdruck und total gestresst fühlte.
Ich knabberte daran, daß mein roter Wäschekorb verschwunden war.

Ein bißchen wollte ich beim Hikaru, meinem Flurnachbarn fragen, ob er vielleicht irgendetwas über den Verbleib aussagen könne? Doch ich tat´s nicht, weil ich mir sagte, er als Japaner könne vielleicht das Gesicht verlieren, wenn man ihn so unverhohlen des Diebstahls verdächtigte?

Andererseits hat er mich aber auch mal - zwar höflich, so doch nicht frei von Untertönen - nach seinem Päckchen befragt.

Doch man weiß ja, wie es mit der Japanerlogik ausschaut, und die Wahrheit war wohl jene, daß ich keine Lust hatte, den Hikaru überhaupt zu sehen und keine Mühe scheue, eine Begegnung zu umschiffen.

Ich hatte mir vorgenommen, mir ein Dampfbügeleisen zu kaufen und besuchte den kleinen Quelle-Shop neben der unteren Bäckerei Link.

Später war ich auch noch im "Schwabenpark" und kaufte mir ein Bügelbrett und einen Wäschekorb und bin nun somit eine Frau, die theoretisch jederzeit losbügeln könnte.

Meinem Vermieter, Herrn Walter, hatte ich wegen zwei Fragen auf Band gesprochen: Putzfrau und Satellitenanschluss und kam mir dabei vor, als hätte ich nach so vielen Jahren etwas Wahnwitziges bewegt. Der treue Herr Walter kam auch bald vorbei und brachte mir die Händi-Nummer von jener mir wohlbekannten Putzfee Alina Seifert aus Polen, die ihr Kommen dann wenig später auf 14:30 terminierte. Bis dahin mußte ich laut Plan gekocht und gegessen haben, und nun kochte ich mir Reis mit Möhren und Zucchini. Aus Versehen hatte ich das Gemüse in der Küchenmaschine falsch verhackt (in Fädchenform), doch es schmeckte köstlich, und dabei hatte ich mir gar nicht viel dabei gedacht.

Dann kamen allerdings *zwei* Putzfrauen, und ich frug gleich, ob´s jetzt wohl zweimal elf €uro koschd?
Doch zu zweit sind sie ja doppelt so schnell fertig.
Diese Logik sah ich ein. Die Magda, die leider kein deutsch spricht, begann auch unverzüglich das Bad zu putzen und wirkte von der ersten Sekunde an emsig und professionell.
So übte ich und hoffte währenddessen, daß meine Wohnung in einer Stunde in neuem Glanze erstrahlt sein möge.
Ein bißchen hatte ich Angst, ich hätte vielleicht vergessen, nett zu sein und dabei hatte die Alina so nett gesagt, daß es ihr nichts ausmachen würde zehn Minuten länger zu arbeiten. Zum Schluß gab ich den Damen je zwölf Euro und sagte nett: "Weil ich mich sooo g´freut hab!"
Ganz bewußt benützte ich Worte Mobblns, und wir Damen reichten uns sogar die Hand.

Nachtrag 2013: Die schöne Alina ist mittlerweile Professorengattin, da ein frommer Professor der Musikhochschule einen Narren an ihr gefressen hat. Heute beschäftigt sie sicherlich ihre eigene Putzfrau?

In der BILD war heut zu lesen, daß Magnus G. in einen nagelneuen Luxusknast mit metallglänzenden Toiletten (neben den Betten!) eingeliefert wurde.

Dort übermannte ihn die Reu. Er heult und schluchzt den ganzen Tag, so daß es sogar die Mithäftlinge durch die Tür mit anhören können.

Doch den kleinen Jakob macht das leider nicht wieder lebendig.

Freitag, 11. Oktober

Den ganzen Tag vernebelter Sprühregen

Auf dem Wege zur Bäckerei lief ich an der Hochschule vorbei. Zwei junge Mädchen warteten unbekümmert darauf, daß geöffnet würde und ahnten gar nicht, wer da an ihnen vorbeiläuft: Ein Gespenst aus der Vergangenheit: Die große Liebe ihres Rektors, der heute ein kindischer alter Mann ist, den niemand mehr mit großen Gefühlen in Verbindung bringt. Ich lief weiter und verschwand im Nebel, so als hätte es mich nie gegeben.

Später war ich dann doch nochmals in der Hochschule, auch wenn´s heutzutage ausreichen würde zu schreiben "in Chochschule". Es gibt nur noch Ausländer, so daß man sich fremd, wie auf dem Flughafen fühlen muß, und die einzige Schwäbin, die Pförtnerin Frau Messner, die in ihrem Glaskasten saß, gilt als verbittert, verwittert und unsympathisch.

Ihre schlechte Aura schien sich sogar durch das geschlossene Glas hindurch in den ganzen Vorraum zu ergießen.

Ich begab mich in den Frisiersalon "Happy Hair", wo ich heute von der "Michaela" mit ihrer orangegetönten Rupffrisur bedient wurde. Freundlich begrüßte mich die beliebte Jungfrisöse mit einem Handschlag.
Und während sie auf meinem Haupt einherwütete, las ich "die Welt":
Eine Türkin gewann einen Prozess, so daß sie jetzt mit dem Kopftuch auf dem Haupt arbeiten darf. (Ein Politikum)

Ich tauschte den winzigen, handtellergroßen Kassettenrekorder, den ich heut gekauft hatte wieder um, da er überhaupt nicht funktionierte. D.h., nachdem ich zwei Batterien hineingebettet hatte, vermeinte man mit einigem guten Willen ein leises Brummen zu hören - mehr gab das Gerät nicht her. Ich tauschte ihn in einen normalen Kassettenrekorder um, aus dem nun Brahms´ erste Symphonie tönte.

Besuch bei der Ute in Rottweil.
Am Telefon hatte die Ute versprochen, daß die Kinder inzwischen domestiziert seien.
Vor dem Haus steht jetzt eine große, lustige Giraffenattrappe, und direkt vor der Türe arbeiteten

zwei ganz scharmfreie Arbeiter, die meinen Gruß überhaupt nicht erwiderten.

Mutti Ute begrüßte mich mit großem Überschwang, doch nach der Begrüßung war´s mit der Gemütlichkeit bereits vorbei. Von der Treppe her ertönte dreistimmiges Indianergeheul, und die Kinder krischen laut und ungestüm.

Heut war die kleine Tabea, die Freundin von der Rosalie dabei.

"Freundin" ist vielleicht zu viel gesagt, weil sich die Mädchen zuweilen mit den bloßen Füßen ins Gesicht traten. Etwas, das unter Freundinnen eigentlich nicht die Norm sein sollte.

Wieder zeigte sich, wie die Feli unfolgsam ist. Doch keiner weiß einen Rat!

Alles, was Mutti Ute verbietet, rät oder mahnt, verpufft ins Nichts, weil es ja doch nicht befolgt wird.

Zu Beginn des Besuchs strichen wir Damen Brote für die Kinder, und auf die Brotoberfläche ritzte ich zuweilen zum Gaudium der Kinder ein Herz oder ein lustiges Gesicht drauf.

Dann gab´s Ärger, weil die Feli dauernd vom Lübecker Marzipan naschte.

Die Ute war oftmals teilverdrossen: Da hat man ein hübsches, lustiges Kind, doch es folgt einfach nicht! Oftmals wird die Ute zu einem barschen Ausruf regelrecht ge*nötigt*: "Du bleibst gleich oben!!"

Einmal wollten sich die drei Mädchen verstecken, und die Ute zählte mit Fleiß ganz langsam bis hundert, damit sie sich etwas Ruhe verschaffte, zumal sie sich doch ihrem Gaste (mir) widmen wollte, denn man kam praktisch nicht dazu, sich mal etwas zu erzählen.

Gottergeben suchten wir an den Kindern herum, die sich oben hinter dem Sofa versteckt hielten und albern kicherten.

Nach einer Weile spielten die Kinder "Gespenst", und Mutti Ute mußte schon wieder bang herumkreischen, weil sie einfach so quasi blind mit dem Laken auf dem Kopfe die Treppen hinabstürmten und voll Unverstand und unreif bis dorthinaus laut "Huuuh!" riefen.

Auf dem Tisch lagen die antroposophischen Zwerge aus Wollwatte die man gebastelt hatte.

Die Feli zündelte herum, obwohl es strikt verboten war, und Mutti Ute wurde einmal ganz traurig, weil sie mit ihrem pädagogischen Latein am Ende schien.

Zum Schluß hielt mich die Feli immer an meinem Schal fest.

Ich verabschiedete mich warm, und gelobte am Sonntag nochmals vorbeizukommen obwohl ich eigentlich heimlich gedacht hab "ich warte bis die Kinder aus dem Hause sind!"

Samstag, 12. Oktober
Regentrübe und unschön

Telefonat mit der Petra:
Wir sprachen über Felis hohen Ungehorsamkeitspegel und darüber, daß der Tobias demnächst nach Düsseldorf zieht, und die Petra sich einen neuen Lebensabschnittspartner suchen muß. Dies sagte ich lachend und erörterte gleich, daß der Tobias in Düsseldorf vielleicht eine Neue findet? Sie heißt auch "Petra" ist aber zehn Jahre jünger?

"Dieser Gefahr bin ich mir durchaus bewußt!" sagte die Petra.

Einmal ins Telefonieren geraten meldete ich mich nach langer Zeit auch mal wieder bei den Krügers.

Herr Krüger kam an den Apparat, und er, der sich am Telefon meist staubig und spröd anhört, war heut burschenhaft und nett gestimmt. Ich erfuhr, daß sein Geschäft nicht so besonders läuft.

"Mei Frau isch beim Einkaufö, und gibt das wenige Geld au no aus!" scherzte er und lachte selbstbelustigt durch den Hörer.

Hernach las ich die Zeitung:
In Washington herrscht Angst & Schrecken:
Ein unbekannter Serienmörder erschießt jeden Tag aus weiter Ferne einen Menschen! (Meist einen Tankenden an der Tankstelle.)

Konzert in Niedereschach:

Eine sehr freundliche Frau schloß mir das Gemeindehaus auf und ich erfuhr, daß in der Zeitung ein riesengroßer Artikel über mich erschienen sei. Dort stand zu lesen, daß ich Bachs Werke auswendig spiel´.

Bald schon tröpfelte das Publikum ein.

Zunächst kamen die Krügers.

Frau Krüger begrüßte mich mit einer Umarmung, und dann freute ich mich so unglaublich, daß Herr Reichmann gekommen war.

Ihn umarmte ich auch und besudelte seinen Mantel dabei leicht mit Astor.

Nur seine Frau hatte er daheim gelassen, damit sie auf das Haus aufpasst.

17 Hörfreudige waren erschienen, und ich spielte mit großer Hingabe, weil es in dem Raum so schön klang und weil ich das Publikum so außerordentlich nett fand: 34 Augen strahlten mich an, und 34 Ohren trichterten sich interessiert meinem Violinspiel entgegen.

Nach dem Konzert fuhr ich mit den Krügers nach Rottweil.

Die Eßecke der Krügers kam mir ein wenig *zu* christlich vor. Ein großes Kruzifix und hinzu eine große Kerze mit christlichen Motiven auf dem Tisch.

Etwas christlich (karg) wirkte auch das Abendbrot. Pfefferminztee, Graubrot mit Margarine und bescheidenem Aufschnitt aus dem örtlichen Supermarkt.

Ich setzte mich hin und schaute auf das Ehepaar drauf.

Dann erzählte ich von den mittlerweile 386 Ehepaaren in meinem Bekanntenkreis, von denen ich immer wieder gerne erzähle: Über jedes einzelne Ehepaar ließ sich ein Roman verfassen! Und wenn ich nur wollte, so könnte ich an jedem Tag des Jahres bei einem anderen Ehepaar nächtigen oder gar logieren.

Dadurch, daß Frau Krüger ihre beiden Schwestern, und Herr Krüger einen seiner beiden Brüder verloren hat, - der letzte Verbliebene, Onkel Thomas, ist auch nur mehr mit Spinnweben ans irdische Geschehen befestigt, und lebt mit einem fremden Herzen - spürt man in dieser Stube die Kürze des Lebens bzw. das nahende Lebensende sehr stark.

„Wir alle bewegen uns auf unser Lebensende zu!" könnte man ausrufen - doch was will man mit diesem Ausruf bewirken?

Wir sprachen auch über den kleinen Matthias, der heute mit 22 Jahren natürlich nicht mehr klein ist, und bald ein Auslandssemester einzulegen gedenkt:

Entweder in Wien oder aber sogar in Paris? Ihm steht die ganze Welt noch offen.

Die Krügers glauben nicht, daß der Matthias nach Rottweil zurückkehren wird. Höchstens besuchsweise, denn was soll er hier?

Als er noch in Rottweil lebte, lebte er somit nur dort, um die Schule rasch zu beenden und flügge zu werden.

Sonntag, 13. Oktober
Trossingen - Ofenbach

Zwischen verhangen sonnig und bewölkt verhangen

Frühstück in Rottweil:
Aus dem Radio dröhnte Alpenmusik, die so gut zum Hubert passte.

Ich finde das Gesicht von der kleinen Feli, in welchem sich nicht ein Hauch von Ernst finden lässt, mit der Pfirsichhaut und dem leicht aufgeworfenen Näschen so süß, daß ich kaum wegschauen kann.

Die Ute ist von der vielen Kindererzieherei schon so ausgelaugt, daß sie sich mit ihrem Ehemann nur noch über´s Wetter unterhalten kann.

Wieder hat man bemerken müssen, wie die Feli ungezogen ist. Einmal wollte sie etwas zu trinken haben, und der Hubert beharrte aus pädagogischen Gründen drauf, daß sie "Bitte" sagt.

"Bitte trinken!" sagte die Kleine auf verhohnepipelnde Weise ganz ungezogen. Doch dem Hubert war das immer noch nicht höflich genug.

"Sagsch richtig!" bat er, und käute die gewünschten Worte nach Art eines Pfarrers bei einer Eheschließung sogar vor, auf daß man sie nur nachsprechen müsse: "Darf ich bitte etwas zu trinken haben?"

Aber die Feli war zu stolz, um so etwas zu sagen, lief rasch um den Tisch herum und griff sich die Karaffe selber.

Dann geriet sie aber auch schon bald wieder mit der Mutter aneinander.

Dauernd langte sie nach den Strohalmen und machte sie kaputt, und die Ute braust manchmal auf schäumenste Weise auf, und droht mit etwas ganz und gar Endgültigem.

"Du bisch blöd!" sagte der Hubert einmal zur Ute, weil sie erbost das Radio abgedreht hatte, um noch besser auf die Feli einschimpfen zu können. Worte die die Feli auf spöttische Weise einfach durch ihre Ohren hindurch ziehen lässt, da sie im Leben alles nur lustig findet, und überhaupt *gar nichts* ernst nimmt.

Jene Fee, die die Gabe zum Ernst zu vergeben hat, war bei ihrer Geburt schlicht verhindert gewesen!

Ich fuhr den ganzen Tag.

Auf der Reise fiel mir ein Schüttelreim ein:
Jetzt such ein Wort, daß sich auf "Hosen" reim,
befahl mir eine Frau aus Rosenheim

In Ofenbach:
Das Musikzimmer war ganz vollgerumpelt, da Ming derzeit Opas Zimmer renoviert.

Ich parodierte das Beätchen, wie es in ihrem amerikanisch gefärbten schwäbischen Akzent gesagt haben KÖNNTE:

"Ääääwrrrrrika! Ich bin geschohockt!" und hinter vorgehaltener Hand: "Das ist ein ziemlicher Saustall hier!" Die Erfahrung lehrt, daß Rehlein auf Worte dieser Art höchst sensibel reagiert. So wie ein Muslim, wenn man sich über den Mohammed lustig macht, und so sprach ich eben auf diese Weise, und machte mich über das Beätchen lustig, das derartiges gesagt haben würde.

Ming knuddelte so unglaublich nett an mir herum.

Ich erfuhr, daß die arme Gerswind mit einer lebensbedrohlichen Brustentzündung ins städtische Spital eingeliefert wurde.

Der Kleine saugt sehr schlecht und dann hat er seiner Mami trotz seiner Zahnlosigkeit in die Brustspitze gebissen, so daß es geblutet hat!

Montag, 14. Oktober

Verhangen. Feucht - bleich

Geradezu köstlich in dem von Rehlein so liebevoll bezogenen Bett im ersten Dienstbotenkabüff geschlafen.

Ich erhob mich in einen grauen, trüben Tag hinein, wo man kaum drauf erpicht sein konnte sein schützendes Gemäuer überhaupt zu verlassen, und doch joggte ich gleich zu Tagesbeginn in meiner schäbigen Talibanhose mit einem ganzen Netzwerk an Löchern um die Gesäßregion herum los.

Beim Üben versuchte ich nach Art von Anne-Sophie Mutter "jeden störenden Gedanken auszuschalten", doch wie Schmetterlinge flogen mir die quälenden Gedanken einfach zu, und verbissen sich in mein Hirngewebe:
Was, wenn Jochen Zieger Rehlein am Ende gar ermordet?
Haben wir uns vielleicht etwas zu sehr vorgewagt?
Einen im Grunde fremden Herrn zu uns einzuladen??

Unser Korea-Heimkehrling Buz hatte am Morgen bereits zweimal angerufen, um folgende Neuigkeiten zu vermelden: Ich hätte in Göttingen eine so sagenhafte Rezension bekommen, die leider etwas verschmiert im Faxgerät stak.
Buz las sie feierlich durch den Hörer vor, und dem gefühlvollen Rehlein standen Tränen der Rührung in den Augen.

Ming spielte Chopin Nocturnes.
In Mings Gehirn ist sein Klavierdoc wie eine Kostbarkeit in einem Schatzkästlein verwahrt und niemand kann´s ihm stehlen.
Und während ich auf den klavierspielenden Ming draufschaute, wurde mir klar, daß jeder Kopf ein eigener Planet ist, auf dem es allerlei zu finden gibt: Berge, Seen, eine üppige Vegetation und vieles mehr.

Heute wolle ich mal einen der beiden neuen Richter, die man bei RTL angemietet hat, kennenlernen.

Z.B. den Familienrichter mit seiner durch und durch grauen, gemähten Rasenfrisur.

Ein Herr wollte von seiner Frau die ehelichen Funktionen (Sex & Haushalt) wieder einklagen, die zum Erliegen gekommen waren, seitdem seine Schwiegermutter im Hause lebte.

Sowohl die Schwiemu, 64 Jahre alt, als auch ihr höchst sauertöpfischer Exmann sagten je aus, und beide hatten so unglaubliche Tränensäcke!

Doch dann wurde ruchsam, daß die böse Schwiegermutter ihren Schwiegersohn mal zunächst bekocht und hernach vernascht hat, und all dem mußte der entrüstungsbefüllte Familienrichter neutral gegenüberstehen!

Ming riet mir, daß ich genau an meinem 40. Geburtstag mit dem Tagebuchschreiben aufhören und dann auf den Tag genau zehn Jahre lang pausieren solle. Doch ich weiß schon jetzt, daß ich das nicht über´s Herz bringe.

Nachtrag 2021: <u>Jeder</u> einzelne Tag dieser zehn anvisierten Jahre - ausnahmslos - (4.11.2002 bis 4.11.2012) ist im Tagebuch festgehalten. Gottlob!

Ming traut sich z.Zt. immer gar nicht so recht ans Telefon - aus Angst, es könne die Nora sein, die ihn mit einem längeren Besuch beglücken möchte.

Dienstag, 15. Oktober

Verhangen, feucht und blass. Am Nachmittag schimmerte ganz schemenhaft die Sonne durch

Rehlein erzählte, daß es neulich im Haus plötzlich nach Tabak roch, und da stand der Konstantin im Hausflur.
Wenn man den Konstantin frägt, wie hoch sein Stundenlohn sei, so sagt er vage: "7 oder 8 €uro!" Doch nach zweieinhalb Stunden sagt er gönnerhaft: "Gäbbn Sie 30 €uro. S´isch OK…."
Ich erzählte Rehlein, daß der Konstantin früher ganz nett gewesen war, doch böse Stimmen im Dorf murmeln, daß er in der Zwischenzeit im Gefängnis saß – zu Unrecht, wie er findet. Seither ist er stark verbittert, und hinzu ein wenig sonderbar geworden.

Im Fernsehen wurde das Begräbnis von Prinz Claus übertragen.
Nur acht Monate nach der Traumhochzeit von Maxima und Wilhelm-Alexander wurde der verwelkte alte Mann zu Grabe getragen, und die Maxima, die immer so wirkt wie eine Interpretin des "Musikalischen Sommers von Ostfriesland" sah ganz traurig und erschüttert aus.
Ich erlaubte es mir aber kaum, dem Begräbnis beizuwohnen, weil ich z.Zt. in jeder freien Minute zu Üben bestrebt bin, um den von mir selber vorgeschriebenen Vierstundensack mit „Üb" so schnell als möglich zuschnüren zu dürfen.

Aber alles, was ich so spielte, passte zu dem feierlichen und traurigen Abschied nebenan, denn dem Anlass geschuldet nahm ich lauter Werke in Moll zur Hand. (Mehr kann man nicht tun)

Man konnte sehen, wie das süßeste Rehlein mit den Tränen kämpfte, doch es sei nur wegen der schönen Musik von Mozart, so Rehlein. Dem alten Herrn sei die ewige Ruhe nun doch wirklich zu gönnen.
Die Beatrix trug einen tief ins Gesicht gezogenen schwarzen Hut, und ihr ernst und erwachsen wirkender Sohn Johan-Friso stand ernst und erwachsen neben ihr und hielt ihren Arm, um ihr in dieser historischen Stunde des Schmerzes eine Stütze zu sein. Auch der Rostropovich, der in solch historischen Stunden immer wie aus dem Nichts heraus plötzlich auftaucht, um ungeübte Bach-Suiten auf dem Cello zu spielen, stand gefühlvoll zwischen den Trauernden.
"Dort wo das Wort aufhört, muß man die Musik sprechen lassen!" scheint seine Lebensdevise, und man sah, daß seine Gefühle echt und tief waren.

Auf dem Spaziergang.
Der süße Ming hatte wie alle Tage seinen kleinen Rucksack auf dem Rücken, in welchem sich die zweisprachigen Erzählungen von Maupassant befanden, an denen Ming neben dem inhaltlichen Genuß das Französische zu erlernen gedenkt.

Durch´s Klofenster beobachtete ich, wie Rehlein Herrn Stocker, den Elektriker begrüßte, indem ihr sonnengebräunter knuspriger Arm mit den zur Begrüßung ausgestreckten und aufeinandergeschichteten Fingern einfach starr wie eine Schranke von oben nach unten fiel, und so knöpfte ich mir Rehlein bald darauf vor, und rankte schöne Worte drum, wie sie den Jochen wohl begrüßen, bzw. *nicht* begrüßen solle.

Wir legen so viel Wert auf Details, *während der Jochen Rehlein vielleicht mit einem abscheulich rohen Händedruck begrüßt? Und mehr noch: Nach dem Frühstück die aufgepustete leere Brötchentüte mit einem lauten Knall zerplatzen lässt?!* (Ein echter Scheidungsgrund!)

Am Nachmittag schickte mich Rehlein zum Himbeer-Pflücken auf einen Hof am Wegesrand. Ich blieb ganz lange aushäusig und erlebte somit jenes quälende Gefühl, daß ein Verwandter abgängig ist von der anderen Seite her, indem ich nun selber die Abgängige war.

Immer wieder - besonders in den Abendstunden - frug ich mich, was wohl die Beatrix grad macht, und sandte meine Gedanken in den Palast, wo man die kalte Leere und die kaum fassliche Lücke, die der Claus hinterlassen hat, bis nach Ofenbach spüren konnte. Man schaut auf seinen leeren Thron, und der Claus fehlte sogar mir, auch oder gerade *weil* es mir nie vergönnt war, ihn kennenzulernen.

Mittwoch, 16. Oktober

Immer noch eine Dunstschicht. Doch durch diese brach sich in den Nachmittagsstunden geheimnisvoller Sonnenschein

An der Kasse bei Billa fiel mir eine Frau mit einem Kleinkindbuggi auf, und das Kleinkind zeigte beständig auf irgendwelche Dinge, für die ein Erwachsener keinen Blick mehr hat. Es handelte sich um die kleine Anna, wie ich merkte und so frug ich die Betreuerin gleich, ob Heidis neues Baby wohl schon da sei?

Ja, seit einer Woche! Der kleine Thomas.

Beim Üben dachte ich darüber nach, ob die Heidi wohl noch Zeit für ihre drei Söhne aus erster Ehe findet?

Heute lernte ich den zweiten Satz von einem Werk für Violine und Gitarre von Mauro Giuliani:
Ein von Verzierungen bis zur Unkenntlichkeit verziertes Werk.

Im Fernsehen wurde vermeldet, daß der 73-jährige liebesgramgebeutelte Klaus-Jürgen Wussow zusammengeklappt sei!
Zuerst klappte er auf einer Party zusammen, und dort konnte man ihm nochmals auf die Beine helfen.

Doch wenig später auf der Straße klappte er erst recht zusammen, so daß man den Notarzt rufen mußte.

Die Gäste auf der Promi-Feier haben sich durch diesen Vorfall ihre gute Laune indes nicht verderben lassen mögen und feierten unverdrossen weiter, so daß man es hautnah miterleben konnte, was solche Promi-Freundschaften wohl wert sind?

Eine angesäuselte ältere Blondine lallte:

"Wussow ist bereits zusammengeklappt! Tut uns leid."

Abends telefonierte ich mit der Hilde. Die Hilde hörte sich ein bißchen starr an - solcherart, als bereite es ihr Unbehagen, daß ich aus Ofenbach anrufe.

"Viele Grüße an alle" sagte sie zum Schluß mit klammen Gefühlen und ohne Ausrufezeichen.

Ich erfuhr, daß sie nun zu viert sind, weil der „Mars" nun auch bei ihnen lebt, da ihre Schwester ihn hinausgeworfen hat.

Seltsam: Wir redeten hin und her, unterhielten uns über irgendwelche Daten, wann man wie und wo anreist oder abreist, sagten aber irgendwie Anderes damit aus, das man erst deuten müsste.

Ich stellte mir vor, *wie Omar und Mars jetzt immer beieinandersitzen und in einer fremden Sprache aushecken, wie sie vielleicht ein krummes Ding zu drehen planen, und wenn man noch 15 Jahre zuwartet, so sitzt der kleine Yussuf bei dieser Herrenrunde auch noch dabei.*

"Die sind es satt, als Toiletten-Talibane Cent-Stückchen einzusammeln!" berichtete ich Rehlein plastisch, "die wollen jetzt an das große Geld… "

Dann schauten wir in "arte" eine Reportage mit dem Titel "Papa sitzt im Knast".

Zwei Kinder kamen alle 14 Tage zu Besuch, um ihren gestrauchelten Papi durch Busseleien und Liebesbezeugungen aufzumuntern, so wie wir es mit Buzen wohl auch gehandhabt hätten?

Donnerstag, 17. Oktober

Ernst.
Am Nachmittag in seiner Herbe
und Bewölkung äußerst reizvoll

Man weiß ja, wie es ausschaut: Tüchtigkeit gebiert immer neue Tüchtigkeit, und am Abend ist vielleicht der ganze Tag mit Tüchtigkeiten zugekleistert worden, aber er ist unwiederbringlich vorbei!

Gleich im Morgengrauen begann ich mit meiner Überei, und als ich im dichten erzählerischen Gewebe der Mozart-Sonate stak, erzählte ich jemandem im Geiste:

"Wenn ich so viel übe, dann klingt mein Spiel immer zu glattpoliert."

Doch in Wirklichkeit ist´s ja so, daß ich mich mal eine Weile lang gezwungen hatte, jeden Tag eisern drei Stunden zu üben, und jetzt zwinge ich mich dazu, jeden Tag vier Stunden zu üben, so daß ich theoretisch ins Programmheft schreiben könnte: „25% mehr Qualität gratis".

Als ich an den Frühstückstisch trat, war unser Eßzimmer nun auch gänzlich verrümpelt, weil nun sämtliches Mobilar aus Opas verwaistem Zimmer um den Kachelofen verteilt so herumstand.

Der Renovierer Halil war gekommen, und Rehlein benahm sich in seiner Aura vollkommen anders als sonst:

So als spielten wir in einem Zimmertheater zwei frühstückende Damen. Sogar Rehleins Bewegungen sahen vollkommen anders aus.

Doch ich hielt mich am Zügel, daß man´s mit den dahingehenden Spötteleien nicht zu weit treiben dürfe.

Hie und da hörte man die Bohrmaschine in Opas Zimmer auflärmen, und augenblicklich fühlten wir Damen uns wohler in unserer Haut, weil man dann nicht mehr so laut hörte, was wir da für dummes Zeug quasseln.

Dann schauten wir uns E-Mails an.

Viele hatten sich angesammelt, da Rehlein vor zirka zweieinhalb Wochen eine E-Mail losgesandt hat, in der zu lesen stand, daß ihre E-Mail Box immer so leer sei! Daraufhin hatten ganz viele geschrieben, doch Rehlein hatte seit zwei Wochen nicht mehr nachgeschaut, damit sich endlich mal etwas ansammele.

Die Linda hatte gleich zu Beginn des Aufrufs ihre Freundlichkeit mit etwas Nützlichem verbunden, und um ein Rezept für Quittengelee angesucht. „Doch jetzt dürften ihre Quitten längst vertrocknet sein", sagte Rehlein bekümmert und schuldbewusst.

Das Beätchen bat Rehlein, ein Mammogramm von sich machen zu lassen, da dies in Amerika sehr in Mode sei.

Dadurch wurden ganz viele Brusttumore entdeckt, von denen man ansonsten nie etwas bemerkt hätte!

Doch mir gefiel dieser Gedanke nicht, und Rehlein fand diese Idee auch eher abstoßend.

Rehlein frug den Renovierungsassistenten Halil, ob sie ihm eine Orange anbieten dürfe? Dies erinnerte doch in leicht variierter Form an Adam und Eva damals. Der Halil lehnte das freundliche Angebot höflich ab, und meinte, er bekäme einen Durchmarsch davon. Das fand ich so persönlich.

Später verschuftete ich den Halil allerdings bei Rehlein, daß er einfach raucht.

Unfaßbar, daß in Opas Zimmer geraucht wird. Hat man´s denn nicht vor Augen, was der Opa in sein Testament geschrieben hat? Raucher dürfen unser Grundstück N I E betreten?!

Der Opa hasst(e) Tabakqualm so sehr, wie ich Fußballgegröle, und theoretisch könnte ich in *mein* Testament in Anlehnung an den Opa schreiben: "Grölende Fußballfäns dürfen mein Grundstück
N I E betreten."

Rehlein stürmte auch gleich hinüber und verbot dem Halil den Tabakgenuß, indem sie farbig und dramatisierend auflistete, was Rauchen wohl für Folgen haben könne!

Sogar zum Mittagessen hat das bezaubernde Rehlein unseren neuen Bediensteten eingeladen.

Der Halil kleidete jenen Sessel, auf welchen er sich zu setzen gedachte mit Zeitungspapier aus, dieweil er sich bei der Arbeit mit Farbe vollgesprenkelt hatte, und strahlte eine ungezwungene Lustigkeit aus, die mich leicht an die beiden Mohren in Hildes Wohnstube erinnerte.

Rehlein hatte so köstlich gekocht: Indisch (aus einem Büchlein, das herumlag): Nußreis mit Kürbis (ganz scharf) und Rehleins Fingerspitzen brannten noch immer von der Zubereitungszeremonie.

Gleich zu Beginn des Essens war Rehlein ein bißchen politisch, indem sie dem Halil erzählte, daß Nordkorea, dieses wunderschöne Land, das von bösen Drachen besetzt ist, *auch* schon Atomwaffen besäße! Doch der Halil lachte bloß dazu, weil Nordkorea so weit weg ist, und er dort niemanden kennt.

"Guten Appetit, Gott oder Allah!" sagte Rehlein, um ein bißchen beeinflussend zu unterstreichen, daß Menschen aller Herkunft und Religion Brüder und Schwestern sind.

Abends wollte oder sollte ich die Omi anrufen, doch seitdem die Omi so häßlich über Frau Reimich gesagt hat: "Ach Gott, ES braucht kein Buch!" könnte man im Grunde selber ausrufen: "Ach Gott, es braucht doch jetzt keinen Anruf!"

Mein Blick fiel auf einen Passus in einer Mail vom Friedel: "I´m still together with her!" schrieb er über die Claudia wörtlich genau den gleichen Satz, den er auch mal über die Doris verfasst hat.

Doch am Abend erfuhren wir, daß es mit der Claudia aus sei.

Die Claudia hat bereits einen Neuen, und zur Doris möchte der Friedel auch nicht wieder zurückkehren. Sie ist schon alt, und der Friedel möchte nochmals eine neue Familie gründen.

Ming und ich schauten uns Opas nunmehr ganz kahles Zimmer an. Das Zimmer ist nicht besonders groß, doch es erfüllt seinen Zweck und bietet Platz für ein Bett, einen Bücherschrank und einen Sessel, und ich erinnerte mich daran, daß mir einst zu Ohren gekommen ist, daß in ein Zimmer dieser Größe in Leningrad eine fünfköpfige Familie einziehen würde, die sich nun überlegen müsste, wo sich wohl welche Bettenlager aufbauen lassen?

Dann umarmte ich mich ganz intensiv und lang mit Ming.

Das Abendessen versprach nett zu werden. Ich hatte drei Salzstangerln gekauft (nimm 3, zahl 2) und wir unterhielten uns bannend darüber, wie es mit Petra & Tobias wohl weiter geht, wenn sie jetzt getrennt leben? Zwar heißt es, daß Entfernung und Nähe je der Erhaltung der Liebe dienen *könnten*, doch nur die Ehe verleiht der Liebe eine gewisse Stabilität und Garantie. Ein simpler Stempel macht aus zwei Menschen eine Einheit, die von Rechtswegen *eigentlich* nur noch von Gott getrennt werden darf.

Ich rief Frau Picker an, um verspätet zum Geburtstag zu gratulieren, und fand Frau Picker wie immer so reizvoll. Besonders die Umstände von Opas Heimgang interessierten Frau Picker brennend.
Später, wenn Frau Picker nicht mehr alleine leben kann, geht sie in ein Spital. „Dort *wird* man gestorben!" sagte sie und lächelte weise durch den Hörer.

Freitag, 18. Oktober

Zuerst goss es. Am Nachmittag entwickelte sich die Wetterlage zu ihrem Vorteil.
Obwohl noch feucht schimmernd,
schillerte der goldene Herbst durch

Ich war ganz froh, daß es laut regnete, da es ja praktisch eine neue Zwangshandlung von mir ist, täglich, ohne wenn und aber, vier Stunden lang zu üben, und so übte ich bald los. Ming hatte sich gestern gewünscht, mit etwas Schönem geweckt zu werden.
Doch dadurch, daß ich z.Zt. nach dem Rotationsprinzip übe, kam heut zu Beginn der zweite Satz der Giuliani-Sonate zum Zuge. Mir als Interpretin kommt es so vor, als habe Giuliani im Laufe des Schaffensprozesses an diesem Werk die Freude am Ondulieren für sich entdeckt. Er greift

mit solch einer Lust in die Noten wie ein Frisör in die Frisur einer Dame, und es fehlte nur noch, daß er die Notenlinien mit der Brennschere gewellt hat: Die Noten selber sind allesamt mit kleinen Feigenblättchen bedeckt. Fast jeder Ton ist mit einem Verzierungszeichen versehen.

"Ein seltsames Werk", dachte ich aufhorchend für den schlummernden Ming, "Beethoven?"

Ming meinte stirnrunzelnd, daß Rehlein nach Buzens Pensionierung auch mal wieder etwas mit Buz anfangen müsse, da Rehlein sonst vielleicht allmählich wunderlich würd´?

Doch wenn man´s recht bedenkt, sind eigentlich fast alle wunderlich, wenn man sie vor seinem geistigen Auge so hinbiegt, daß sie vom Licht der Wunderlichkeit beschienen werden? Viele z.B. finden es ausgesprochen wunderlich, daß Ming als reifer Herr das Abitur nach macht, erläuterte ich Ming.

Dann erzählte ich, wie die frischgebackene Witwe Beatrix nun jeden Abend einen Klavierabend zu hören wünscht, um die Leere in ihrem Leben zu kompensieren.

Alle Pianisten des Landes müssen ran.

Doch kaum einer gefällt der Beatrix.

"Sie spielen zu akademisch!" bekrittelt sie den einen. "Sie müssen mehr üben!" einen Zweiten, "allein 16 Fehler habe ich im ersten Satz gezählt!"

Im Dämmer sahen wir ein Maisfeld mit ganz vielen vertrockneten Maisstauden.

Sie schauten aus wie Lebende von gestern.

Ming hatte in einer kleinen Kuhle einer Bergspitze am Horizont - einer Glatze ähnelnd - den Beginn vom aufgehenden Mond erspäht und ahnte bereits, das für ein sagenhaftes Naturspektakel auf uns wartete.

Nach Art eines güldenen Eies schien sich der Mond aus dem in die Höh gereckten Bergespo zu mühen, bis er frei in der Luft schwebte.

Samstag, 19. Oktober

Zuerst unauffällig. Dann goldener Herbst
(Unglaublich!)

Traum:
Rehlein erzählte von den Senioren in der Seniorenresidenz, die dauernd Durchfall haben, und zu nichts mehr nutz sind. Doch auf milde Weise wollte eine fromme Frau, die soeben aus einem Kirchlein trat, solche Worte nicht gelten lassen und brachte Rehlein in Verlegenheit. "Was heißt "nicht mehr nutz?" frug sie mit fragendem verständnislosem Ausdruck auf dem Gesicht, und doch streng auf ein unbedachtes Wort lauernd.

"Meine Großtante hieß Hedi!" begann Rehlein verheißungsvoll eine Erzählung, da tönte auch schon der Wecker...

Im Wald begegnete ich Rehleins Kusine Irene, und erzählte ihr von Rehleins Jugendliebe, dem Jochen, der vielleicht bald in das neue Zimmer einzieht? Da es doch sein könne, daß er schon in Rente ist, und wenn Rehlein mal frägt: "Wie lange gedenkst Du zu bleiben?" so könnte es wiederum sein, daß er antwortet: "Wieso?"

Wir fuhren mit unserem Gast, dem Vanni, der aus Wien herbeigereist war zum Fuße der Rosalia um hinaufzuwandern, und ein sagenhaft erfüllender Ausflug wurde draus.
Dieses Herbstgold und der blaue Himmel!
Auf jenem Hügel, wo ein aufgeschraubtes Fernglas dazu einlädt, in die Postkartenidylle hineinzuschauen, lernten wir einen begeisterten Herrn kennen, zirka 52 Jahre alt, mit gemähter Frisur, der es kaum fassen konnte, was man heut alles sah! Vor Begeisterung quoll er fast über, und erinnerte dabei an den jungen Ming.

Auf dem Heimweg sprachen wir über Tiere.
Rehlein erzählte, wie sich eine eifersüchtige Katze mal einfach auf das Gesicht eines Babys draufgesetzt hat, so daß es starb, und ich stellte mir vor *wie Daaje und Gesine zusammen ihren kleinen Bruder ermorden.*
Die bauernschlaue Daaje hatte mit Fleiß so getan, als sei sie nicht eifersüchtig, doch in Wirklichkeit flammte die Leidenschaft namens Eifersucht, die mit Eifer sucht was Leiden schafft, in ihr.
Der Vanni erzählte, wie es seine Katze gespürt habe, daß er wegzieht, und als er seinen Koffer

packte, behinderte sie ihn bei der Arbeit wo es nur ging.

Sonntag, 20. Oktober

Am Vormittag mild sonnig.
Über Mittag wunderschön.
Dann wurden wieder Wolkenteppiche ausgerollt

Heut träumte ich, *daß ein Gerücht kursierte:*
Daß nämlich der Pianist Hulb (?) der gesuchte Sägemörder sei.
Ich frug eine Omi, die im nasstrüben Herbstwetter durch die grauen Straßen eines leblosen Vororts radelte danach aus. Die Omi stieg ab und gab mir engagiert Auskunft. Ich sah sogar, daß sie sich geschminkt hatte.
Dann saß ich bei Frau Priwitz in der Stube.
Draußen herrschte ein regentriefendes Dämmerwetter und ich brannte darauf, nochmals schnell zum Kiosk zu radeln, um mir wegen dem Sägemörder die Zeitungen zu holen.
Doch es war ein bißchen schwierig - solcherart, als wolle man sich in Grebenstein von dannen stehlen - da es Frau Priwitz kränken könnte, wenn man nicht ständig neben ihr sitzt.
Dann schrillte allerdings um sieben Uhr der Wecker, und ich wäre so gerne im Traum verblieben und zum Kiosk geradelt.

Durch herrlichen Sonnenschein fuhr ich mit Ming in die Berge, um die Gerswind zu besuchen.
Der kleine Camillo dauerte mich leicht:

In eine Familie mit zwei eifersüchtigen großen Schwestern hineingeboren zu werden, so wie es beispielsweise Mohammed Atta und unserem Vetter Rifflein einst erging.

Das Baby mit den spitzen Öhrchen lag die ganze Zeit im Stubenwagen und schlief.

Ming spielte mit der Daaje Federball, und die Daaje erzählte später, daß sie eigentlich vorgehabt hätten, den Ball hundertmal hin und her zu schlagen.

Doch dies sei Ming zu viel gewesen, und so hätten sie sich auf 99 mal geeinigt.

Alles was die Daaje erzählt ist so köstlich, daß es ratsam wäre, den ganzen Tag hinter ihr herzueilen und alles aufzuschreiben, was sie so von sich gibt.

Die kleine Gesine fand ich auch sehr süß. Sie saß neben ihrem leicht kitschigen Puppenhaus und wirkte so zugänglich. Sogar ein kleines Lied hatte sie auf Gerswinds Anregung hin vorgesungen.

Sie sang leise und verschämt, und schaute uns dazu nicht an.

Jetzt aber war die Gesine ins Babyzimmer entschwunden und ich wiederum ins Bad.

Was, wenn statt meiner das böse Uschilein ins Bad entschwunden wäre?

Wenn das Baby hernach tot in der Wiege läge, weil eine boshafte Hand ihm ein Kissen auf´s Gesicht gelegt hätt?

Auf ewig bliebe somit ungeklärt, ob es die eifersüchtige große Schwester war, die es der neidischen Bekannten in die Schuhe schieben wollte, oder die neidische Bekannte, die den Verdacht auf die eifersüchtige große Schwester lenken wollte?

Ein packendes Sujet für einen Film.

Gerswinds Schwiegermutter, Omi Helga erzählte, wie sie sich noch nie alt gefühlt habe.

Doch vor vier Jahren frug die kleine Daaje:

"Oma, wann musst du eigentlich sterben?"

"Und von dem Moment an fühlte sie sich alt!" sagte die Daaje wie im Märchen.

Die Gesine saß einsam im Zimmer, und spielte mit sich selber "Saito*", indem sie mit dem Plastiktelefon telefonierte:

"Der Kleine schreit andauernd, und die Mama wüi dös net!" hörte man sie erzählen.

*Die Saitos: Ein Hausmeisterehepaar in Tokyo, das Ming und mir in der Kindheit als Vorlage für eine private Seifenoper diente. Ähnelnd dem Wussow in seiner Rolle als Dr. Brinkmann, verwandelten wir uns in die Saitos. Ich erzähle einfach drauf los, nicht wissend, wohin die Erzählung führt, und Ming lauschte mir gebannt, als verkündige ich das Evangelium

Wieder in Ofenbach.

Mittagessen daheim auf der kleinen Terrasse.

Ich schleppte Meyers Konversationslexikon herbei, und las meinen Lieben etwas über Orang-Utans vor. Der Gebildete sagt "Pongo Pygmäus", und wir erfuhren, daß Orang Utans höchstens dreißig Jahre alt werden.

Ich erzählte Rehlein dichterisch aufbereitet die Geschichte vom kleinen Tigerpython, die ich mal in einer Illustrierten gelesen habe:

Er gehörte einem Herrn, der leider ins Gefängnis mußte.

Am Vorabend der Inhaftierung öffnete der Herr sowohl das Terrarium als auch sein Fenster und sagte: "Leb wohl, kleiner Python!" Und nun wohnt diese Schlange irgendwo unter uns.

Montag, 21. Oktober

Bewölkt grau

Heute erhoben wir uns in jenen Tag hinein, an welchem der Jochen Zieger bereits um acht Uhr los - und nach 48 langen Jahren seinem einstigen Schwarm "Rehlein" entgegenfahren wollte.

Bis gestern haben wir manchmal darüber gespaßt, im Buch des Lebens würde nun bald stehen: "Ziegers Schweiß tritt ihm zurück!" Doch heut fiel mir eine andere, deutlich aufregendere Eventualität ein: Daß der Jochen nämlich Worte macht, wie der Herr im "Rosenkrieg", dem Film, den wir uns gestern angeschaut haben:

"Du wirst es nicht glauben Erika, aber ich liebe Dich noch immer!"

Beim Frühstück erzählte Rehlein, daß sie ihre Eltern in jungen Jahren überhaupt nicht vermisst habe.

Das damals junge und unreife Rehlein glaubte, das alleinige Heil wäre an der Seite Buzens zu finden, und verstand sich mit ihrer Mutter überhaupt nicht.

Schlimm für Rehlein sei es damals gewesen, als die Omi Ella darauf beharrte, daß der Onkel Hartmut zum Studium nach Bonn zöge, um bei Rehleins Eltern zu leben. Opa und Hartmut passten doch überhaupt nicht zusammen, so daß Rehlein und Buz in der Ferne auf Kohlen saßen, und es kaum wagten, die klammen Gedanken nach Bonn zu schicken, da der Opa auf Art von Herrn Andreas zuweilen etwas ungemütlich werden konnte, und einem dies, auch aus der Ferne, dem Gast gegenüber sehr peinlich war.

Über den Jochen sagte ich, ich hätte das Gefühl, als würde ich heute meinen leiblichen Vater kennenlernen - oder aber, ich würde heut mit dem neuen Mann meiner Mutter bekannt gemacht.

Der Jochen kam um zirka 16 Uhr 45, als Ming und ich uns gerade zu einem Spaziergang aufsattelten, und von der Ferne wirkte es so, als käme der Elektriker.

Rehlein begrüßte ihn nur mit einem Händedruck, doch es ging irgendwie gar nicht anders, da nämlich der Herr eine eher zurückhaltende Ausstrahlung mitgebracht hatte.

Rehlein errötete sogar zart, und doch kam mir als Außenstehender das Wiedersehen im ersten Moment leicht ernüchternd und enttäuschend vor.

Der Herr erzählte, daß der kleine Reiseabschnitt von Wiener Neustadt hierher am anstrengendsten gewesen war, und freute sich, gleich mit uns mitspazieren zu dürfen, da er sich schon ganz zersessen fühlte.

Wir wanderten durchs Dorf Richtung Kapelle, und ich vertraute auf die Anwärmung, die mit der Zeit sicherlich stattfinden würde?

Auf seinem Hof schimmerte Herrn Breitsching herbei, und der kluge und aufmerksame Ming nutzte den Moment, um den Gruß zu intensivieren und in eine kleine Plauderei hineinmünden zu lassen, weil er sich dachte, daß das alte Liebespaar doch sicherlich lieber unter sich wäre, und es wohl unpassend sein dürfte, wenn ständig jemand dabei ist?

Ich stand neben Ming und erzählte Herrn Breitsching, daß Rehlein soeben mit einem Herrn vorbeiflaniert sei, den sie fast 50 Jahre lang nicht mehr gesehen habe.

Angelockt von diesen ungewöhnlichen Worten stellte sich auch Frau Breitsching zu uns.

Zärtlich schaute ich auf die liebe kleine Bauersfrau mit ihren zierenden Ohrringen, während Ming seinen Scharm sprühen ließ.

Ming meinte, der Jochen würde ihn sehr an das Kläuschen erinnern:

Ein lebensgegerbtes Gesicht, und sehr hebefreudig wirkend.

Ob es wohl sehr stillos ist, wenn man sich nach 50 Jahren wiedertrifft, und am Abend nur Pfefferminztee serviert wird?

Oben an der Kapelle sahen wir die beiden und liefen ihnen nur <u>ein bißchen</u> entgegen.

Ming gab sich sehr zurückhaltend, weil er das Glück nicht stören mochte, lief stets voraus, und wirkte somit (vielleicht) wie ein Stiefsohn, der sich kaum greifen lässt?

Abends besuchten wir die frischgebackene Mutti Heidi in der Bahngasse:

Die Heidi war mit ihren beiden Kleinkindern allein daheim, und freute sich sehr über unseren spontanen und netten Besuch.

Der kleine Thomas lag in einem Wännchen und somit lernte ich ihn, der heute 13 Tage alt wurde, gleich frontal kennen.

Die kleine Anna bebusselte ihr ofenfrisches Brüderchen sehr gern und intensiv, und erinnerte mich somit an mich, wie ich der Heidi gleich stolz erzählte.

"Ach, warst du auch so?" frug die Heidi.

"<u>Warst</u>" ist gut!" lachte ich, weil´s ja *immer noch* so ist. Der süßeste Ming ist nach wie vor die größte Freude und das größte Geschenk meines Lebens.

Daheim bei uns saß der Jochen in Hüttenschuhen am Kachelofen und beplauderte Rehlein.

Wir erfuhren, daß sein Groll auf den kleinen Ort Stockach, in welchem er aufgewachsen ist, noch heute vor sich hinschwelt, und daß es dort noch immer genau so abscheulich sei, wie damals. Dies wiederum läge an der rohen Bevölkerung. Rohheit gebiert immer neue Rohheit, und der Ort ist bevölkert von fiesen Teufeln und schwefelgelben Hexen….

Dann erfuhren wir, daß der Jochen noch einen anderen Sohn hatte: Till.

Der stab mit drei Monaten, und der Jochen bemühte sich damals so sehr einen Geiger ausfindig zu machen, der Bach´s h-moll Partita im Repertoire hat.

Doch es fand sich niemand, und nun - so viele Jahre später - sah man das Werk auf meinem Plakat abgedruckt, das Rehlein an die Türe geheftet hat, um bei ihren gymnastischen Verbiegungen morgens immer auf mich draufzuschauen.

Manchmal wurde der Jochen sehr lustig und lachte fröhlich.

Z.B. als ich sagte:

"Ziegers Schweiß tritt ihm zurück!"

Das große Auftauen hatte begonnen, und nun zeigte uns der Jochen die Fotos seiner Lieben:

Seiner Frau Erika und den Kindern Eva und Christian.

Das Verhältnis innerhalb der Familie sei außerordentlich herzlich, erfuhren wir.

Dienstag, 22. Oktober
Ofenbach - Trossingen

Morgens nieselnd trübe,
doch im Laufe des Tages fast immer schön

Ich packte für meine Reise nach Trossingen, und das süßeste Rehlein nähte mir einen Flicken auf meine Hose drauf und wunderte sich über ein Netz an Löchern um die Po-Region herum.
"….oder lässt du zu scharfe Winde?" scherzte Rehlein.
Auf dem Tisch lagen noch immer die Fotos von Jochens Lieben daheim: Seiner Frau Erika, die so freundlich lacht, der 27-jährigen Eva und dem 21-jährigen Christian.
Rehlein fand die Kinder so ansprechend, und über das Foto von Jochens Frau Erika hatte ich gestern noch zu Rehlein gesagt: "Das könntest jetzt _du_ sein!"

Wir hatten Jochens Wohnort "Seestermühe" mit Worten geografisch ein wenig eingekreist.
Ich hätte mal in "Glücksstadt" gespielt, und er wiederum meinte, das sei doch um die Ecke.
Von diesen Worten wurde ich wiederum ein bißchen nachdenklich, denn vor 20 Jahren sind doch im Raum Cuxhaven-Glückstadt 22 junge Disco-bienen verschwunden und wer sagt uns, daß der in der Jugend so schwer traumatisierte Jochen, der immer von seinem Vater und den Lehrern verdroschen wurde, nichts damit zu tun hat?!

Schweren Herzens fuhr ich ab, und hin und wieder legte ich eine kleine Rast ein.

Auf der Titelseite der Bild-Zeitung stand in Riesenlettern zu lesen:
"Peggy ist tot!"
Der Täter sei Ulvi K. (24) ein geistig zurückgebliebener junger Mann, der ein Geständnis abgelegt hat.
Sein Vater habe die Leiche mit dem Auto weggefahren und dadurch, daß es der Vater aber abstreitet, weiß die Polizei gar nicht was sie machen soll?

In den Nachrichten konnte man hören, daß der Schröder heute schon wieder vom Bundestag zum Kanzler gewählt worden ist. Er bekam drei Stimmen mehr als nötig gewesen wären, aber eine weniger als Rot-Grüne dasaßen.
Das bedeutet, daß der Schröder einen Feind in den eigenen Reihen hat, und wer dieser Feind ist, bleibt geheim. Ein Jeder könnte es sein – und unter den vielen Anlächelungen, die ihm tagtäglich zuteil werden, könnte sich *ein* falsches Lächeln verbergen.

Abends in Trossingen:
Gleich rief ich Rehlein an und erfuhr Schockierendes:
Ein 18-jähriger Schüler Buzens habe eine Rentnerin totgefahren, und eine andere lebensgefährlich verletzt.

Buz in Aurich habe gerade aufregenden Damenbesuch:

Ruth L., die leider durch ihre Judo Prüfung gefallen ist, und sich somit an einer starken Herrenbrust ausweinen möchte - wie es offiziell heißt. Buz als Gastgeber wider Willen sitzt somit in der Zwickmühle, da der Abend von Ruths Seite aus sicher mit etwas Erotik gekrönt werden will?

Mittwoch, 23. Oktober

Meist grau und nieselnd.
Doch Nachmittags wurde es plötzlich
atemberaubend schön.
Dann aber wurde es wieder ganz trüb

Auf der Fahrt zum Baumarkt, wo ich mir Batterien für mein kleines Radio beschaffen wollte, war das Wetter einfach unglaublich geworden:

Man fuhr auf gut Glück geradeaus und sah praktisch nichts, da die Sonne wie flüssiges Gold einfach über Trossingen ausgekippt worden war, und mit der Sonnenbrille auf der Nas sah´s noch unglaublicher aus - nämlich wie im Traum.

Abends räumte ich die Wohnung auf, und hatte dabei die Worte von meinem Stiefvater Jochen im Ohr:

Alles solle auf seine Nütz- und Tauglichkeit für den Rest des Lebens abgeklopft werden.

Der Jochen hatte vor kurzem einen Container bestellt und alles Überflüssige entsorgt – hernach sei das vormals so erdschwere Haus so leicht geworden, daß man das Gefühl bekam, es könne gleich in die Lüfte entschweben?

Donnerstag, 24. Oktober
Trossingen (St. Blasien)

Zuerst nieselnd, dann geradezu gleissender und doch fast sibirischer Sonnenschein. Nachmittags sehr grau. Abends regnete es

Überraschend federleicht erhob ich mich am Morgen in die Nachtesschwärze hinein, und stellvertretend für meinen Flurnachbarn Hikaru dachte ich, und hinzu auf japanisch, daß die Nachbarin doch wohl ziemlich temperamentvoll sei?
Wie sie allein beim Gang ins Häusl auflärmt!

Draußen auf der Straße war es unheimlich und faszinierend in einem:
Es nieselte, die Wolken bewegten sich in düstern unterschiedlichen Beleuchtungen rasch, und ich fühlte mich sehr wohl, weil ich doch so gerne in die Bäckerei gehe!
In der Zeitung an der mattbeleuchteten Zeitungswand stand das zu lesen, was wir schockierten Mitbürger schon gestern erfahren haben:

Daß der Staatsanwalt dreieinhalb Jahre Haft für Boris Becker gefordert hat. Viele von uns sehen ihn im Geiste bereits einsam in einem grünspanigen Gitterknast herumsitzen, umgeben von Mördern, Räubern, Zuhältern und unpersönlichen Beamten.

Mit einer gewissen inneren Bewegung verfolgen wir ja alle staunend, was der Boris für ein reichhaltiges und bewegtes Leben führt.

Die Finca und die Villa hat Boris je verkaufen müssen, und jetzt wohnt er im Hotel.

Wieviel das Leben im Hotel kostet hat er den Reportern aber nicht verraten mögen.

"Ich mach so viel Werbung für die. Die müssen eigentlich *mir* was zahlen!" scherzte er.

Später in den zehn Uhr Nachrichten erfuhren wir das Urteil für Boris:

Zwei Jahre auf Bewährung!

Ich empfand´s als langweiliges Urteil und war leicht enttäuscht, obwohl man dem Boris eigentlich nur das Beste wünschen sollte.

Brisant:

Eine deutsche Urlauberin wurde in Australien im Rahmen eines romantischen Vollmondbades in einem Tümpel, von einem vier Meter langen Salzwasserkrokodil gefressen.

Abends in St. Blasien:

Ich spielte vor zirka 40 - 50 interessierten Zuhörern.

Sie applaudierten so ausufernd, daß ich zwei Zugaben bot.

Hernach gab es noch einen Empfang im "Klosterstüble" zu welchem das ganze Publikum eingeladen gewesen wäre.

Draußen regnete es plätschernd. Nur wenige folgten dieser Einladung, und diese Wenigen saßen nun in schummriger Beleuchtung an einem langen Tisch, wo eine schwäbische Spezialität auf uns wartete: Schinkenhörnle.

Mir gegenüber saß eine sekretärinnenartige Frau, die ganz oft mit den anderen über interne Dinge schwatzte, so daß ich mich gar nicht so recht ins Gespräch einschmiegen konnte. D.h. einmal frug sie mich in törichtem Interesse, ob ich beim Spielen zählen würde? Eine seltsame Frage, die man eigentlich nur mit einer Gegenfrage beantworten könnte: „Schauen Sie beim Küssen auf die Uhr?"

Nach einer Weile entspann sich dann aber doch eine Plauderei mit dem gemütlichen Herrn mir gegenüber und ich erfuhr, daß er seit 1965 ein Wettertagebuch führen würde:

Morgens, Mittags und Abends schildert er die Wetterlage, und schreibt die Temperatur dazu.

Das Hobby bereitet ihm viel Freude, weil er das Wetter täglich mit dem Wetter von vor zehn, zwanzig oder dreißig Jahren vergleichen kann.

Mir zur linken saß "der Kirchenälteste", welcher wie zum Hohne ein ganz junger Mann war.

Freitag, 25. Oktober

Den ganzen Tag lang regnete es

Ich rief meinen alten Kommilitonen Thomas Melzer an.
Seine Kinder waren so laut und fast ungebärdig, daß ich an "Balduin Bählamm" in der Wilhelm Busch-Geschichte erinnert wurde. Den verhinderten Dichter.
Ich bat ihn, mir die CD vom Silvesterkonzert zu zu schicken, die uns Interpreten damals im Zuge der Silvesterfeier so vollmundig versprochen worden war, und der Thomas sagte auf seine leicht stoffelige Art vage, daß er sie mir "vielleicht" schickt.

Nachtrag 2021: Bis heute nicht eingetroffen.

Seine Frau Barbara sei leider nicht zu ihm zurückgekehrt.
"Eben net!" sagte er fast schroff, auf meine diesbezügliche höfliche Frage.

Zu später Stund´ rief mich der süße Ming an.
Ming hatte Heimweh nach mir und sagte so warm: "Ich würd´ dich jetzt gern knuddeln!"
Ming war sehr betroffen über den hohen Schlechtigkeitsgrad der beiden Schützen von Washington, die man mittlerweile eingefangen hat - und das, wo sie auf dem Foto doch so nett aus- schauen:

Der Stiefvater hat einen Arm um die schmalen Schulterblätter seines Stiefsohnes gelegt, und beide lächeln freundlich in die Kamera.

Und Ming ist doch, grad wie einst der Opa, so mohrenfreundlich eingestellt! Er liebt ihr freundliches Lachen, und hält sie für die besseren Menschen.

Samstag, 26. Oktober

Z.T. Sonnenschein mit Wolkenbildungen

Ich besuchte die Petra, und empfand das dreistöckige Mietshaus in der Belchenstraße Nummero 11 ein bißchen als Geisterhaus, da jetzt nurmehr die Petra ganz einsam drinnen wohnt, so wie einst die Mutter von Norman Bates.

Die Petra telefonierte, und nach zirka drei Minuten keimte schon so etwas wie eine Verärgerungsvorstufe in mir auf, weil ich es so ungehörig fand, daß man sich einen Gast bestellt, und dann nur telefoniert. Ihre Busenfreundin Eva war´s!

Tatsächlich sollte dies nicht das einzige Telefonat während dieses Besuchs bleiben. Nacheinander riefen nämlich Tobias, Flitzi und Elke an.

Die Elke ist jene kleine Hornistin, mit welcher die Petra heut von 10 - 12 das Horn-Trio von Brahms geprobt hat, und nun stöhnte man durch den Hörer gemeinsam über die Pianistin "Gerda" von der es heißt, daß sie entweder schleppt oder huscht.

Die unerfreuliche und wahrscheinlich typisch hochschulhafte Probe hatte Petras Laune ganz in die Tiefe gezurrt, so daß sie vom Bedürfnis befüllt war, sich Luft zu machen.

"Ned läschdrn!" parodierte ich eine gottesfürchtige Schwäbin. "Nicht lästern!"

Wir wechselten das Thema, und die Petra erzählte mir, wie es sich die kleine Feli mit ihr total und und für alle Zeiten verdorben habe: Weil sie nämlich einmal so laut krisch, daß der Putz von den Wänden bröckelte! Dies ließe sich niemals und durch nichts wieder gut machen.

Die Petra hat mit Kindern nichts am Hut, und sollte sie jemals ein eigenes bekommen, so wird es erbarmungslos ausgesetzt oder in Stuttgart-West hinter Hildes Heim in die Babyklappe gelegt!

Ute und Hubert haben sich mal ganz fest vorgenommen, die Kinder niemals zu hauen - doch es sei ungeheuer schwierig, diesen schönen Vorsatz, der sich auf dem Papier so mühelos realisierbar ausnimmt, 18 Jahre lang durchzuhalten.

Am Abend planten wir, auf Huberts Geburtstagsfeier das Dvorak-Terzett zu spielen, doch gestern hatte ich die Ute am Telefon noch gefragt, ob für den Hubert nicht etwas Volkstümlicheres passender wäre?

Im Radio lauschte ich einem Celloabend mit Boris Pergamenschikow, der von einem ganz jungen, erst 20-jährigen Pianisten begleitet wurde.

Ich glaubte herauszuhören, wie sich der junge Pianist bei fast jedem Takt über sich selber ärgerte.

Daheim spielt er immer ganz leidenschaftlich und frei - doch jetzt spielte er mehr aus dem Anzug heraus. Na man kennt´s!

Leider sei Boris Pergamenschikow schon seit Jahren schwer krebskrank, erzählte die Radiosprecherin bedrückt.

Seine Tage sind gezählt.

Abends fuhren wir zu Huberts Geburtstagsfeier. Der Hubert fühlt sich für mich an, als sei´s ein Schwager. (So wie sich für Rehlein vielleicht ihr Schwager Jesse anfühlen mag?)

Im Hausflur wurde der Petra ganz blümerant zumute, als sie das Kindergekreische hörte.

Tatsächlich waren ganz viele Gäste mit Kindern geladen.

Die Kerzenbeleuchtung war so schön, und man hatte Suppen und Salate gezaubert.

Wildes Stimmgewirr brandete um uns herum. Dann durfte ich unser Dvorak-Terzett, das als Tafelmusik gedacht war, ansagen.

Als ich sagte: "op. 74", meinte der Jubilator Hubert vergnüglich:

"Also ich hätte jetzt gedacht "op. 73"! Aber s´ isch O.K." Und alle lachten.

Sonntag, 27. Oktober

Orkan. Meist <u>sehr</u> grau und nieselig,
doch am Nachmittag plötzlich strahlend blauer
Himmel und glitzrigster Sonnenschein

Ich erhob mich in jenen Tag hinein, der um 17 Uhr in mein Konzert in Lauchringen hineinmünden sollte. Ein Konzert in das ich keine speziellen Erwartungen hineinsetzte, und doch wurde ich am Vormittag von leichten Freudenwogen umspült, weil ich´s plötzlich so toll fand, in Lauchringen zu konzertieren, und das Ganze hinzu als harmlosen Sonntagsausflug ansehen durfte.

Von Buzen am Telefon erfuhr ich, daß das Geiseldrama im Moskauer Theater leider ganz ungut ausgegangen ist, indem man nämlich Nervengas eingesetzt hat.
90 Leute starben, aber 700 konnten gerettet werden.
Mir tat das so schrecklich leid, weil im Theater doch die wenigen Kultürlichen sitzen!

Einmal rief mich die Petra an und imitierte "die Gerda", (jene Pianistin, mit welcher sie heute abend in Spaichingen musiziert.)
Ich hatte gestern abend aus Langeweile einfach so auf den Anrufbeantworter gesprochen und so getan, als sei ich die Gerda, die sich über die Elke "freiläschtern" will.

In einem Caféhaus in Lauchringen am späten Nachmittag:

Ich entfaltete die Süd-West-Zeitung um zu schauen, ob mein Konzert wohl gescheit angekündigt wurde, und erlebte dabei mein blaues Wunder:

Auf einer halben Seite war nämlich meine üppige Kritik vom Konzert in St. Blasien gar mit Foto abgedruckt, und es wirkte auf mich so, als sollte ich plötzlich, völlig überraschend doch noch weltberühmt werden, da die Kritikerin, von der es heißt, sie könne auch gnadenlose Verrisse verfassen, mich mit sehr viel Respekt behandelte, auch wenn man gemerkt hat, daß sie ganz viel von meiner Webseite abgeschrieben hatte.

Auf der gegenüberliegenden Zeitungsseite las man etwas über den Professor Brinkmann aus der „Schwarzwaldklinik":

Nachdem man dem Burgschauspieler Wussow die Traumrolle des Professor Brinkmanns angeboten hatte, habe er sich in den Professor verwandelt, und nie wieder aus dieser Rolle herausgefunden. Der Wussow selber löste sich auf wie eine Wolke. Dies gefiel mir. Doch dem Liebesgramgebeutelten, und in einen Schuldenstrudel Gerissenen geht es zur Stund´ nicht gut:

Der Professor erzählte, daß er morgens manchmal am liebsten gar nicht mehr aufwachen würde.

Seine Rente wurde ihm gepfändet, und er hat praktisch nichts mehr.

(Nur die große Liebe von seiner neuen Freundin Sabine - aber dafür kann man sich nichts kaufen.)

Seine böse Exe Yvonne habe den Professor mal gefragt, ob er ihr verzeihen könne, doch der Professor kann es nicht, weil sie ihn doch ruiniert hat!

Telefonat mit dem Friedel, der z.Zt. 14 Tage lang in Ofenbach zu Besuch ist:

Wir plauderten sehr lang und anregend.

Der Friedel ist zur Zeit wieder Solo, doch dadurch, daß er ein erfüllendes Liebesleben gewöhnt ist, möchte er diesen Zustand so schnell als möglich - am liebsten gleich morgen früh, wo er bei der Brigitte reiten geht - wieder aufheben.

Sehr interessiert erkundigte er sich nach der Petra.

Friedel so süß: "Ich bin immer sehr schnell begeistert!" Aber die Petra ist ja schon vergeben, und ich hatte den Vorschlag, sie mal kennenzulernen nur so aus Übermut dahingeplappert. Nun aber erinnerte ich mich an die Schwester von der Frau Ahrend, und wurde ganz enthusiastisch beim Gedanken, jemandem Glück zu bringen.

Über eine eventuelle späte Familienplanung bzw. -ausdehnung, die dieser Dame, Mutti zweier Söhne, die je nicht *ganz* geglückt sind, noch diffus vorschwebt, sagte der warme Friedel schlicht: "Ja, gerne!"

Hinterher mußte ich denken, daß die Petra, die in diesen Minuten mit Gerda und Elke das Triokonzert in Spaichingen spielte, gar nicht ahnt mit welcher

Geschwindigkeit sich ein Glück in Siebenmeilenstiefeln auf sie zubewegt.

Montag, 28. Oktober

Meist sehr liebreizender Sonnenschein mit imposanten Wolkengebilden

Frühstück bei der Petra.
Die Petra hatte sich auch noch einen Zweitgast hinzubestellt:
Die „Flitzi" aus der Geigenbauerwerkstatt, die ich somit von einer neuen, lockereren Seite kennenlernen durfte.
Sie, zu der meine Wellenlänge leider nicht so besonders ist - dies spürte man daran, daß sich Verlegenheit auszubreiten drohte, als die Petra mal kurz am Telefontropf hing – nahm sich die Freiheit heraus und duzte mich einfach.
Wir erfuhren, daß sie gestern zum Konzert nach Spaichingen aufbrechen wollte, doch dann hatte sie Pech im Unglück:
Beim Rausmanövrieren aus der Garage hat sie die Autotür so ungeschickt zerbeult, daß sie jetzt gar nicht mehr schließt.
Wir sprachen viel über den Sturmwind "Jeannette", der bereits herumgewütet hatte, und von welchem es hieß, daß er wiederkehren würde.
Petras Schwester hatte Fotos von ihrem kleinen Söhnchen geschickt.

Er, der nun schon bald drei Jahre alt ist, hat seine Tante Petra immer noch nicht kennenlernen dürfen.

Doch ich fand den Knirps nicht süß.

"Wer ist denn dieser gruselige Herr?" frug ich über einen Herrn, der auf dem Foto mit draufsaß.

"Das ist der Vater von dem" sagte die Petra vage, obwohl das eigentlich doch eine eindeutige Antwort war.

Leider haben sich noch keine schwagerlichen Gefühle bilden können, und der Herr sieht in der Tat etwas gruselig aus, wie die Damen nun auch fanden, und ich scherzte lose rum, daß die Anja ihn in der Geisterbahn kennengelernt habe.

Er war "zum Erschrecken" angemietet worden, und mußte immer "huuuuh" rufen, und da hat er der Anja so leid getan.

Ich erfuhr, daß dieser Herr - ähnelnd Insas George - genau dreißig Jahre älter sei als die Anja.

Über den Friedel, der sich so quasi mit Lichtgeschwindigkeit auf die Petra zubewegt, sprach ich natürlich auch:

Ich gab mich siegessicher, und orakelte auf lose Weise, daß die Petra seiner Sogwirkung auf Frauen auf Dauer wohl kaum würde wiederstehen können.

Na, aber die Petra reist ja heut zum Tobias nach Düsseldorf, und noch erscheint es ihr völlig abwegig, über einen neuen Lebensabschnitt an der Seite vom Friedel überhaupt nachzudenken.

„…doch ein Keim zu diesem Gedankengut ist bereits gelegt", sagte ich.

Ich erzählte den Damen, daß mein inkontinentes Auto leider immer teurer geworden ist:

Zum Schluß kostete die Reparatur bereits 650 €, und so viel hab ich doch gar nicht, da ich ja einen brotlosen Beruf ausübe.

"Spiel denen in der Werkstatt doch einfach den Mendelssohn vor!" rief die Flitzi, "wieviel kostet denn der Mendelssohn? Doch genau 650?!"

Die Rede wurde auf Buz geschwenkt, und jetzt ist es sogar amtlich, daß Buz bei seinem nächsten Besuch hier bei der Petra logieren wird, und die Petra schrieb ihm einen langen Brief mit Tips und Kniffen, und legte ihn auf den Küchentisch, damit Buz sich gleich auskennt und sich willkommen fühlt, was er ja auch ist!

"Lieber Wohnram!" schrieb die Petra in petraschem Humore übermütig, weil Buz ja bald dort wohnt.

Ich erfuhr, daß die Flitzi aus Waldkirch kommt und das sechste Kind einer siebenköpfigen Kinderschar ist.

"Oh, ist das toll!" rief ich schwärmerisch aus. "Ich wünschte ich hätte auch sechs Geschwister!"

Inzwischen hatte die Petra alles mit gelben Zetteln für ihren Hausgast Buz bepappt.

Z.B. "einzige Teekanne" (an eine Kanne). Ich fand´s köstlich und originell. Bei dieser vergnüglichen Arbeit frug mich die Petra von Frau zu Frau zwischen Tür und Angel noch darüber aus, wie es wohl in Amerika sei, da ihr eine Stelle in Illinois in Aussicht gestellt worden ist, und ich erzählte lustvoll wie langweilig es dort wäre - so ungefähr, als sei

Trossingen in die Breite gebügelt worden. Ich geriet sogar in Berichtschwung, und dann fiel mir plötzlich aber auch ganz viel Tolles über Amerika ein, daß die Petra meiner Meinung zufolge unbedingt auch noch erfahren sollte, und ich bin ja letztendlich bloß derothalben so stocksauer auf Amerika, weil dieses schreckliche Land Onkel Dölein und Tante Bea verschlungen hat, so daß ich mein ganzes Leben in quälender Vermissungspein durchleben muß.

  Dann mußte die Petra abreisen.

Theoretisch könnte *ich* bis zu Buzens Ankunft selber zur Petra ziehen, und den ganzen Tag Kabel-Fernsehen schauen: "z.B. Dr. Stefan Frank - der Arzt, dem die Frauen vertrauen!" lachte ich BEIM Blick ins Programmheft.

Dienstag, 29. Oktober

Zuerst sagenhaft schön, doch am Nachmittag verschleierte es sich

  In der Zeitung konnte man über den Prozessauftakt von Frank Schmökel lesen, der es als Verbrecher zu trauriger Berühmtheit gebracht hat.

  Mit einer dunklen Kapuze und einer schwarzen Sonnenbrille trat er, so quasi wie ein Gespenst, vor die Richterin.

  Dazu, daß er einen Rentner erschlagen hat, mochte er sich nicht äußern, und das, obwohl die Frau des

Rentners doch jeden Tag im Gerichtssaal sitzen möchte, und sich sicherlich schon ganz viel ausgemalt hat, wie sie dem Mörder ihres Mannes gegenübersitzt.

Auf dem Tisch von der Richterin liegen zwei Aktenordner, die ich wohl auch mal gerne ansehen würde: Seine Briefe und seine Tagebücher. Über seine Mutti schrieb der Frank das wüsteste Zeug: Daß er am liebsten alles Leben aus ihr herausprügeln würde, da sie ihm sein Leben versaut habe.

In zart einschleichender Dunkelheit besuchte ich den Schwabenpark um ein paar Einkäufe zu erledigen, und als ich wieder heim lief, war's praktisch dunkel und ich hatte heut noch gar nichts erlebt.

Vor dem „Schmutterhaus" (einem bemalten Haus) hörte man frische junge Studenten (+-21 Jahre) fröhlich miteinander scherzen. Keiner von denen ahnte, daß ich früher auch mal eine der Ihren war.

Jetzt lief ich halt so vorbei, und man dachte, wenn man überhaupt etwas dachte, ich sei eine ganz normale schwäbische Hausfrau, die da läuft.

Mittwoch, 30. Oktober

Zuerst grau, aber licht bewölkt.
Dann immer lieblicher

Der Nachmittag lief so ab wie immer:

Ich fuhr zum Joggen an den Gaugersee und kaufte hernach wie alle Tage bei Simone Schneider, der braven Verkäuferin in der Bäckerei Link, einen warmen Zwiebelkuchen. Dort stieg warmes Bäckereibehagen in mir auf, und gerührt schaute ich auf die zirka 31-jährige, dunkelhaarige und sommersprossenbesprenkelte Simone Schneider mit ihrem Bubikopf drauf, die jetzt wahrscheinlich hinter dem Bäckereitresen alt werden wird, denn etwas Besseres findet man in dem Alter wohl kaum?

Ich schaute sehnsuchtsvoll in den schönen, zartblauen Dämmerhimmel hinaus, und lief schließlich durch den Park zum Friedhof.

Vom Park aus schaut man auf die Musikhochschule mit ihren z.T. beleuchteten Fenstern, hinter denen sich die Unterrichtsstunden abspielen. Hinter einem Fenster sah man den Bratschenprofessor Cr., einen käsig bleichen, zwielichten Typen in seinem Bratschen-Aquarium agieren.

Buz hatte doch erzählt, daß wir diesen Menschen vielleicht loswerden, und nie wiedersehen müssen, da er sich in Maryland (einem amerikanischen Trossingen) beworben habe.

Doch da saß er ja immer noch herum.

Ich war nur aus jenem Grunde auf den Friedhof gegangen, um zu schauen, ob Herr Hamann mittlerweile wohl einen vernünftjen Grabstein bekommen hat? Und wer hätte jetzt gedacht, daß seine junge Witwe sich gerade gartentechnisch am

Grabe zu schaffen machte? Nach einer Phase der Trauer hat sie sich nun ihre unbekümmerte, burschikose Art zurückerrungen, und meinte locker, daß sie sich mit der Situation arrangiert habe, weil man dies als junge Mutti einfach müsse!

Mir tat es plötzlich so leid, daß ich ihr nie einen Beileidsbrief geschickt habe.

"Ich habe in diesem Jahr meinen Opa verloren!" sprach es unbeholfen *aus* mir, obwohl´s vielleicht unpassend war, „doch leider habe ich mich mit der Situation nicht arrangieren können, da ich eben keine junge Mutti bin".

So frug ich sie schnell über ihre Kinder aus:

Der kleine Vinzent sei sehr fein und lernt Geige bei Rudi Rampf, und der Marius besteht nur aus Rhythmus und spielt Schlagzeug.

Am Abend kam der süße Buz, der ja heute zur Petra zieht. Gemeinsam fuhren wir in die Belchenstraße.

Doch Buz fuhr nicht so besonders gut. Als Frau müsste man statistisch gesehen so etwa alle fünf Minuten einmal aufkreischen. Schon im Kreisel übersah Buz einen zackigen Motorradfahrer. Doch immer hat er Glück! „Wölflein, Du bist ein Glückspilz!" rief ich begeistert.

„Wieso??"

Buz bezog die möblierte Wohnung mit dem Kabelfernseher, und mußte gewohnheitsbedingt allerdings erst zum Telefonhörer greifen.

Der stolze Buz las Rehlein die Kritik von St. Blasien vor. "St. Blasiiiiiin" sagte Buz, so wie der Vater von Walter Kempowski oftmals "Ameeeeeen" zu sagen pflegte.

Donnerstag, 31. Oktober

Grau aber mild

Buz mußte sich heut früh erheben, da er in einer Kommission sitzt, die einen neuen Dirigierprofessor auswählen soll. Mich erinnert dererlei an die Geschichte vom König Drosselbart, der einst inmitten aller Herren im heiratsfähigen Alter auf dem Marktplatz aufgestellt war, auf daß sich die Prinzessin einen Mann aussuchen möge. Doch die Prinzessin hatte für die Kandidaten nur Hohn und Spott übrig. „Das Faß!" nannte sie einen beleibten Herrn…
Und in Trossingen versammeln sich ambitionierte Dirigenten: Beamtliche, feurige, linkische, schulmeisterliche, junge, alte, dicke, dünne, solche mit weichem Kinnbärtchen, beglatzte und viele mehr… und jeder von ihnen treibt einem alteingesessenen Professoren spöttische Bemerkungen auf die Zunge, oder zumindest in die Gedanken.
Inzwischen sind nur noch drei Bewerber im Rennen, und Buzens Favorit ist Herr Dörner aus Graz. Engagieren sie ihn, so hätten wir in der

Hochschule die Kombination Dörner-Kebap, wobei Herr Kebap in Wirklichkeit anders heißt, und Döner ein wenig anders geschrieben wird. Doch eine scherzhafte Bemerkung ist diese Kombination doch wohl allemal wert?

Hernach rief ich die Hilde an.

Ich erfuhr, daß Hildes Schwester ihrem Mann „Mars" die Türe gewiesen habe.

Der Mars packte sein Bündel und wußte nicht so recht, wohin mit sich?

Doch inzwischen weiß man, wohin ihn seine unschlüssigen Schritte geführt haben: Zu Hilde & Omar. Nach muslimischer Tradition darf die Hilde den Herren Tee ausschenken, während die beiden Kumpel so dasitzen und in einer klappernd klingenden Sprache besprechen, was sie wohl für krumme Dinge zu drehen gedenken, um endlich an das große Geld zu kommen?

Eine im Grunde wenig löbliche Eigenschaft vom Omar entpuppt sich nun als Segen: Daß er immer nur große Worte macht, und niemals Taten folgen lässt.

November 2002

Freitag, 1. November
Trossingen - Stuttgart

Bleiches und doch luftiges Nebelwetter

Ich hatte mir vorgenommen, am Nachmittag nach Stuttgart zu reisen. Vor der Abreise hielt mich der Ehrgeiz umzwackt, vier Stunden lang auf meiner Violine zu üben. Den neuen Monat wollte ich löblich beginnen.

Zwischendrin tätigte ich einige Telefonate.

Zunächst rief ich den Armand in Baden-Baden an, bloß um zu verkünden, daß wir heut unser zehnjähriges Kennenlernungsjubiläum feiern.

Vor zehn Jahren lernten wir uns in Karlsruhe in jenem Konzert kennen, wo die "Wasserbewegungen" von kleinen Matthias uraufgeführt wurden. Eine einseitig barsche Komposition, mit der mein damals zwölfjähriger Violinschüler einen stolzen ersten Preis bei „Jugend komponiert" errungen hatte, so daß die Musikhochschule einige Musikanten gestellt hat, die das Werk zur Aufführung bringen sollten – darunter auch mich.

Doch der Armand konnte sich gar nicht mehr daran erinnern, und verlangte nach Einzelheiten, auf daß in seinem Inneren die passenden Bilder aufsteigen mögen.

Ich gelobte, daß ich heut in zehn Jahren wieder anrufen würde um zu erzählen, daß ich ihn genau heute vor zehn Jahren auch angerufen habe um zu erzählen, daß wir uns wiederum vor zehn Jahren in

Karlsruhe kennengelernt haben, und dann erinnert er sich vielleicht auch *daran* nicht mehr?

Nachtrag 2013: Vergessen!

Dann rief ich Frau Marianne Eckstein aus Oberndorf-Böll an, die so nett und zwitschrig klang. Ich erfuhr, daß sie heuer 50 Jahre alt geworden sei. Sie sprach mit einem starken, nicht abstreifbarem schwäbischen Akzent und frug zwischendrin rührend nach, ob ich sie wohl überhaupt verstehe?

"Wenn mo soi Lääääböö lang nedde aus Böll nauskommö isch…" Wenn man sein Lebtag lang nicht aus Böll hinausgekommen ist? Für das ungeübte Ohr würden die Worte von Frau Marianne Eckstein wohl klingen, als würden sie von einer Kuh aus dem Kuhstall heraus gemuht, und ein landwirtschaftlicher Duft breitete sich im Zimmer aus.

Ich erfuhr, daß "dr Vadder", der bei meinem letzten Konzert noch dabei gewesen war, letztes Jahr noch den 90. gefeiert, dann aber "g´schtorbö" sei.

Kennengelernt hatten wir uns damals nur aus jenem Grunde, weil ihr Vaddr immer so gerne Beerdigungen in Täbingen besuchte. Er besuchte die feierlichen Beerdigungen so, als seiens Opernvorstellungen. Bei einer solchen Gelegenheit habe man mein Plakat an der Kirchentüre gesehen, und sich vorg´nommö, bis zum Abend "zu bloibö". Und dann war man beGOOOOISCHDRRRT!!!! begeistert!!!!

Stuttgart am späten Abend.

Nur der Mohr war daheim.

Mit einem hu**mohr**igen Lächeln stand er im Türrahmen, und kochte mir gleich so nett einen köstlichen Kräutertee als Willkommenstrunk.

Ich wurde lustig, fast übermütig gestimmt, und als das Telefon aufschrillte, ging ich hin, hob ab und sagte: "Hilde L. Grüß Gott!" weil ich gemeint hab, die Hilde sei´s, und fände es lustig, von sich selber begrüßt zu werden? Doch es war der Dr. Beck, der Kinderarzt, und kleinlaut gestand ich dem eher ernsten Herrn den kleinen Spaß ein.

Nach einer Weile kehrten Hilde und Yussuf zurück, und die Hilde mit einer aufgetürmten und leicht gefärbt wirkenden Frisur schaute so reif aus.

Den Yussuf fand ich sehr süß. Er spricht allerdings etwas nuschelig, so wie eine alte Frau mit einem Gebiss, das ihr alle paar Silben lang schief im Munde hängt.

Einmal sagte er verbindend zu mir: "Ich hab auch im November!"

Eine Eigenschaft hat der kleine Yussuf nämlich von *mir* geerbt - man staune:

Genau wie ich einst als Kleinkind, interessiert er sich immer so rasend dafür, wer wohl wann Geburtstag hat?

- und noch heute sitzen mir alle Geburtstage sattelfest im Kopf.

Der Omar ist sehr streng, fast grob zu dem Knirps doch summasummarum lässt sich sagen, daß der kleine Yussuf durch diese Strenge ein sehr angenehmes Benehmen hat. Beim Nießen legt er immer so brav seine kleine braune Hand auf den Mund, und dann aß er manierlich einen Teller Maiskörner.

Leider mußte die Hilde vom Dr. Beck erfahren, daß der Knirps Streptokokken im Halse habe, und bis auf weiteres nicht in den Kindergarten dürfe.

Der Omar hakte aufdringlich nach, *wie* lange der Kleine nicht in den Kindergarten dürfe, da er weiß Gott anderes vor hat, als in nächster Zeit den Babysitter zu spielen.

"Lebenslang??" und dann sagte er mit strengem Blick auf den kleinen Pimpf, der jetzt ganz brav auf seiner Gitarre zupfte, wüst: "Das ist Scheiße!!" Und aller Frohsinn war aus seinem Gesicht hinweggewischt.

Abends fuhr ich mit der Hilde in die Wohnung von der Miriam, wo ein Nachtlager für mich aufgebaut worden war.

Die Miriam selber ist mit ihrem Vermieter, in den sie sich verliebt hat, nach Italien gereist.

Der Vermieter ist Geiger von Beruf, und in seiner verwaisten Wohnung probten wir.

Vor zwei Jahren starb seine Frau an Krebs.

Wir spielten das ganze Programm durch, und besonders probengewandt bin ich ja leider nicht, wie man weiß, da sich mein Ohr den Gegebenheiten anzupassen pflegt.

"Nigun" spielte ich sogar vom Blatt, und die Hilde meinte, es sei nicht schwierig, weil´s allgemein von den 14-jährigen bei "Jugend Musiziert" interpretiert wird.

Zu Beginn der Brahms-Sonate mußte die Hilde plötzlich so lachen, weil eine Erinnerung in ihr emporgestiegen war: Worte von ihrem Papi nach unserem Konzert in Bremen im Jahre 1997:

"Hilde hat sich wacker geschlagen!"

Ich erfuhr, daß Hildes Schwippschwager Mars aus Afrika "auf Bewährung" wieder zuhause aufgenommen wurde.

Eigentlich wollte er für vier Jahre nach Frankreich gehen.

Er war arbeitslos, mochte aber keine Hausarbeiten machen, und das Leben mit ihm war kaum noch auszuhalten. Und außerdem machte er ganz viele Schulden. Ständig borgte er sich Geld und gab es nicht zurück.

Nach der Probe langte die Zeit leider nicht mehr für ein gemeinsames Tässchen Tee, weil der Omar noch in die Mohren-Disco mußte. Eine Art "Bio-Disco", wo Alkohol und Cigaretten verpöhnt sind.

Omars Vater - Hildes Schwiegervater, der 24 Stunden am Tag immer nur freundlich lacht – sogar nachts im Traum lächelt er - findet es schön, wenn man tanzt, singt und den HERRN preist. Doch für Alkohol und Cigaretten fehlt im jegliches Verständnis, und für den Omar ist sein Vater die höchste bzw. zweithöchste Instanz! (Direkt nach Allah). Da aber der Vater genau die gleichen Worte macht, wie einst Allah, oder auch Mohammed, sein Gesandter, der Allah immer nach dem Munde zu reden pflegte, macht es praktisch keinen Unterschied, wer nun die erste oder zweite Instanz ist.

Etwas, was der Omar auch vom kleinen Yüsslein für *sich* fordert: *Mein* Wort ist unumstößlich. Das was *ich* sage, gilt – für immer.

Samstag, 2. November

Nässend trübe

Morgens wurde ich von Mutti Hilde aufgepickt. Der kleine Yussuf saß im Auto und war nett! Er zeigte ein lebhaftes Interesse an meiner Geige und wollte wissen, ob das ein Kontrabass sei?

"Das ist ein Kontrabass-Baby!" sagte ich, "ein ganz ofenfrischer kleiner Kontrabass!"

Die Frisur vom Yussuf fühlte sich an, als würde man ein kleines Lämmchen streicheln.

Wieder daheim frühstückten wir sehr nett mit dem Omar.

Wir sprachen über die Vignetten-Pflicht in Österreich, und der Omar erinnerte sich, wie er in Österreich schon mal angehalten wurde.

"Und was hast du falsch gemacht?"

"Ich bin schwarz gefahren!" sagte der Omar, und wir lachten.

Sonntags geht der Omar oft mit dem kleinen Yussuf auf den Flughafen, um Flugzeuge anzuschauen, damit die Hilde mal ihre Ruhe hat, aber auch, um seine Gedanken ins Flugzeug zu schicken, auf daß sie bis nach Afrika zu seinen Lieben getragen würden.

Die Hilde erzählte mir die unfaßbare Geschichte vom kleinen Augustin, dem jungen Geiger, der nach einem Unfall halbverkohlt sei. Wie und warum es passiert ist, weiß kein Mensch.
Vielleicht hat er gezündelt oder versucht eine Bombe zu basteln? Aber vielleicht waren die Götter neidisch auf ihn und sein Talent?

Ich griff mir ein Buch über Johann Sebastian Bach, und las die erste Seite:
Als er geboren wurde war seine Mutter schon 41 Jahre alt, und starb bereits neun Jahre später. Und als Bach immer noch neun war, starb auch noch sein Vater Johann Ambrosius.
Das fand ich so traurig, daß ich fast geweint hätte.

Der kleine Yussuf gab mir einen Kuß, weil er weiß, daß ich zarte Kinderküsse liebe.
"Oh, Danke du süßer, kleiner Schatz!" sagte ich gerührt.
"Bitte schön, gern geschehen!" sagte der kleine Yussuf weil er zur allgemeinen Höflichkeit, besonders den Damen gegenüber, erzogen worden

ist. Daß aber zu ihm selber fast nie jemand höflich ist, scheint ihm gar nicht aufzufallen.

Am Nachmittag fuhr ich in die Stuttgarter Innenstadt, und auf dem Bahnhof überkam mich vor mir selber das Gefühl, im Gewühl der Großstadt spurlos zu verschwinden. Und dabei bin ich doch immer da!

Daheim kochte der Omar eine afrikanische Mahlzeit, doch es dauerte noch eine Weile, bis das Essen auf dem Tische stand.

Der Omar mußte vorab noch zweimal beten, damit sein Soll von fünf Malen für den heutigen Tag erfüllt war. Er wollte so toll kochen, und nun war weder Senf noch Tomatenmark im Hause. Jetzt müsse er zumindest wegen dem Tomatenmark zu Gott beten, scherzte er, und man hörte ihn laut losbeten.

Beim Beten sprach er dreimal so schnell wie sonst, damit er schneller fertig würd.

Für das Gebet hatte er sich in ein schönes afrikanisches Tuchgewand geschmiegt. Sogar eine Art Rosenkranzzeremonie hielt er ab, und küsste zum Schluß den Boden.

Es gab ein schönes würziges afrikanisches Reisgericht, und die Möhren waren so großzügig geschnitten, daß sie ausschauten wie kleine Buschtrommeln.

Einmal sagte der Yussuf, so wie er es von mir gelernt hat:

"Das schmeckt meinem Walter!"

Yussufs bester und einziger Freund Paul feiert heute seinen dritten Geburtstag.
Doch Pauls Mutti Kathrin (34 Jahre jung) leidet an aggressivem Brustkrebs, und macht derzeit in Berlin eine aggressive Chemotherapie.
Ich erzählte von Opas Zauberwürfel, der immer nur Sechsen würfelte, und alles was der Opa im Leben besaß, habe er beim Spiel gewonnen. (Behauptete ich einfach)
Wir veranstalteten ein Wettessen, doch weil es für das schöne Essen schad gewesen wäre, änderten wir die Spielregeln dahingehend ab, daß *der* gewänne, der *zuletzt* fertig sei, und dieser Jemand war ich.

Dann durfte ich den Yussuf ins Bett bringen.
Ich putzte ihm die Zähne und las ihm noch eine packende Krokodilgeschichte vor: Von einem Krokodil, das sich selbstständig beim Zoodirektor, Herrn Wondratschek vorstellte.
"Bitte treten sie nicht auf meinen Teppich - beissen Sie?" ← ein im wahren Leben kaum gebräuchlicher Satz, obwohl im Miteinander zwischen Mann und Frau manchmal der alberne Satz "ich beisse nicht!" fällt.

Bei der Miriam hörten wir uns den kleinen Augustin Hadelich mit Ysayes Ballade und Bachs Chaconne an, und er spielt wirklich atemberaubend, und hat bereits als Jüngling damit begonnen, die ganze Weltliteratur für die Violine einzuspielen.

Wieder schlug das Schicksal an einer Stelle zu, wo man´s nicht vermutet hätt:
Ich meinte, einen Wadenkrampf zu haben, doch dann sah es aus wie ein Stich oder sogar ein Biss? Ob ich an einem giftigen Kaktus vorbeigelaufen bin?
Eine entzündliche, rasch anschwellende Stelle.
Vielleicht eine Trombose, mutmaßte ich gar, wenn auch ohne großes inneres Erbeben und überlegte, wie das Schicksal alles dransetzt, um mich noch vor meinem 40. Geburtstag kurzerhand auszulöschen.
Ein Gedanke, der mir eher angenehm denn bedrohlich schien.

Sonntag, 3. November
Stuttgart - Balingen – Täbingen - Trossingen

Meist trüb und regnerisch.
Doch hie und da ein Sonnenaufleuchten

Gestern stieg ich mit einem ganz roten Fleck auf der Wade ins Bett.
Dem Biss einer afrikanische Springspinne?

Miriams Vermieter ist ein alter Jude, und in seiner Büchervitrine stehen ausschließlich Bücher mit Titeln wie "Der ewige Antisemit" und dergleichen mehr, da er SEIN Thema für sich gefunden hat.

Ich rief bei der Hilde an.

Der Yussuf kam an den Apparat, und als ich ihn bat, die Mama zu holen, sagte er: „Einen kleinen Moment, bitte!" und legte einfach auf.

Dann holten sie mich nach einer Weile aber einfach so ab.

Daheim hatte der Omar so nett ein Rosinenmüsli für uns zubereitet, und wir setzten uns zum Frühstücksbehagen nieder.

Der Omar achtet immer sehr auf eine gesunde, biologische Ernährung, ist aber leider immer so schrecklich streng zum kleinen Yüsslein.

Einmal packte er ihn mit seiner riesigen Hand und trug ihn wie einen kleinen Mohrenwelpen ins Schlafzimmer, um dort mit scharfer Zunge mahnend auf ihn einzuwirken und gegebenenfalls die Fäuste sprechen zu lassen, so daß man den kleinen Schatz, der eigentlich gar nichts gemacht hatte, durch die Wände laut und barmend heulen hörte.

Später heulte er auch im Musikzimmer, weil die Hilde den Telefonhörer abgehoben hat, und das Telefonieren doch eigentlich seine Aufgabe ist.

Beim zweiten Mal durfte er dann abheben, und man hörte, wie er erklärend sagte: "Ich heule gerade!"

Da schmunzelten Omar und Hilde im Duett über den Kindermund.

Später behauptete er allerdings, das sei die "Luzi" gewesen.

Doch die Hilde meinte, daß die Luzi doch eine Holzpuppe aus dem Kindergarten sei, die unmöglich angerufen haben kann, weil sie doch aus Holz ist!
Aber der Yussuf blieb bei dieser Behauptung.

Nach einer Weile übten wir, und der Omar beschloss, auf den Bahnhof zu gehen, um dort rumzulungern und zu schauen, ob er vielleicht neue Freunde findet?
Im Grunde vielleicht ungewöhnlich, so doch nicht reizlos für einen Ehemann, am Sonntag auf dem Bahnhof herumzulungern.
Zuerst meinte die Hilde, daß er dort vielleicht etwas verkauft?
Dies war jedoch nur ein Spaß, und ich hatte die Worte für bare Münze genommen!

Der kleine Yussuf saß die ganze Zeit ganz brav auf seinem Schemel und lauschte dem Probengeschehen.
Für mein Empfinden benahm er sich manierlich, und bloß der Hilde ging er leicht auf den Wecker, weil sie seine gelegentlichen, völlig harmlosen Lärmereien als ungehörig empfand.
Einmal z.B. quietschte er mit dem grünen Luftballon herum.
Mir tat der kleine Kerl plötzlich so leid, weil er so viel ermahnt wird und niemanden hat, der mit ihm "Saito" spielt. Ein zweites Kind scheint das Ehepaar nicht ins Auge gefasst zu haben?
Einmal hüpfte er auf einem Bein durch´s Zimmer.
Da kehrte Vati Omar wieder.

Auf rührende Weise war der Omar so lange mit dem Routenplaner für meine Täbingen-Reise beschäftigt, und schrieb mir jede Wegbiegung gewissenhaft auf, da er zwar einen Computer, so jedoch leider keinen Drucker hat.

Beim Mittagessen schaut der Omar immer lauernd wie ein schwarzes Ungeheuer auf den kleinen Yussuf drauf, um zu schauen, was der wohl wieder für einen Blödsinn betreibt?
Dann wurde er bös, weil der Yussuf seine Bauklötzchen nicht aufgeräumt hat.
"Räum die auf, bevor ich sauer werde!" sagte er sauer.
Die Hilde ist ihrem Manne gegenüber sehr zahm und zurückhaltend, und auch ich sagte auf bayrisch zu dem Knirps: "Geh, tu an Pabba net reizen!" (Worte von der Löffler Irma, im Film „man spricht deutsh" von Gerhard Polt.)
Darüber lachte der Omar vergnügt, da ich als Gast mit meinem Gaststatus wie eine Heilige behandelt werde, und im Großen und Ganzen fühle ich mich bei denen immer froh und entspannt, und zu Margarethes Konrad könnte man wohl kaum jene Worte machen, die ich wie selbstverständlich an den Omar richtete:
"Bist du froh oder traurig, daß ich gehe?"
Der Omar lachte freundlich und sagte: "Wir sind <u>sehr</u> traurig, wenn Du gehst, und wenn du nicht so bald als möglich wiederkommst, dann werden wir auch noch <u>sehr</u> sauer!"

Und das Wörtchen "sehr" spricht er immer mit Nachdruck aus. (ssssseeeeeehr!!!)
Auf rührende Weise packte mir die Hilde liebevoll zwei schöne Geschenke zum Geburtstag ein, die ich erst morgen auspacken darf.

Der Weg in das abgelegene Dort Täbingen erwies sich als äußerst kompliziert, und den Plan, den mir der Omar niedergeschrieben hat, hätte man büffeln müssen, wie für eine Klausur!

*****

In einem Café in Balingen.
Ich saß auf einem Einzelhochsitz, und ließ mich von dem erschütternden Gedanken bewehen, daß heut mein letzter Tag auf Erden als Enddreißigerin sein soll?

Um zirka 17:25, in einbrechendem Dämmer war ich in Täbingen eingetroffen, und wurde von der zirka 46-jährigen Pfarrerin Winkler, Mutter eines verstockten elfjährigen Sohnes, begrüßt.
In ihrem Arbeitszimmer durfte ich Buzen eine Wegbeschreibung auf seine Mail-Box sprechen, und sagte gegen Ende der Beschreibung einfach despektierlich, und doch mit einem kleinen Augenzwinkern behaftet: "Ich glaube aber nicht, daß deine Intelligenz dafür ausreicht!"

Bald zeigte sich bereits die erste Besucherin:

Die quirlige Marianne Eckstein.

Sie umarmte mich und bot mir gleich das "Du" an, da sie ein sehr unkomplizierter, lockerer und warmherziger Mensch ist.

Bald begann´s:

Als ich bereits auf der Bühne stand und soeben mit der Darbietung anheben wollte, quietschte die alte Kirchentüre, und Buz & Han-Lin erschienen als verspätete Gäste.

Somit ging´s mir nun beim Spiel ein bißchen so wie Kanzler Schröder beim Reden:

"Bin ich gut, Doris?"

Ich bildete mir ein, Buz würde meinem Spiel durch die Ohren von der Han-Lin lauschen, und könne vielleicht hernach etwas der folgenden Art zu mir sagen:

"Du mußt dringend wieder Intonation üben!"

Dann war´s vorbei, und alle waren nett zu mir.

Pfarrerin Winkler kaufte mir eine Doppel-CD ab, und schenkte mir einen Blumentopf.

Den Abend verbrachten Buz, Han-Lin und ich im indischen Lokal in Trossingen, um in meinen 40. Geburtstag hinein zu feiern.

Ständig tönte Han-Lins Händi auf.

Einmal war es ihr besorgter Vater aus Taiwan, und die Han-Lin klingt am Telefon immer so schrecklich kurz angebunden. Ich könnte mir nicht vorstellen, so kurz angebunden mit Buzen zu telefonieren.

Die nicht unnette indische Wirtsdame räumte zum Schluß so übertrieben laut herum, als nurmehr wir die einzigen Gäste waren.

Als wir zu später oder auch früher Stund´ das Lokal verließen, hatte sich draußen ein See aus Regenwasser gebildet, den man eigentlich nur mit einem Bötchen hätte bezwingen können.

Montag, 4. November

Meist plätschernder Regen

Ich übte etwas unkonzentriert, da ich mein Ohr bereits neugierig an das noch stumme Telefon geheftet hatte, und wunderfitzig den Geburtstagsanrüfen entgegenharrte.

Der erste Anruf kam von einer Asiatin, die in rudimentärstem Deutsch nach Herrn König verlangte. Ich nannte Petras Telefonnummer, und die Asiatin legte einfach auf ohne sich zu bedanken, und zum Spaß dachte ich mir aus, es sei aus Ärger und Eifersucht, weil Herr König jetzt bei der Petra eingezogen ist.

Telefonat mit Ming:

Ich erzählte Ming, daß die Leute in Täbingen so übertrieben selbstverständlich auf die knusprige junge Asiatin an Buzens Seite reagiert haben, mit der er sich regelrecht zu schmücken schien.

Ob man vielleicht meint, ich sei eine mutterlose Geigerin, deren Mutter schon seit Jahren unter der Erde liegt, und deren Vater ein spätes exotisches Glück vergönnt ist?

Hie und da spürte ich mein entzündetes Wadenbein. Ein bißchen wollte ich es auf sich beruhen lassen, doch dann meldete ich mich doch in der Praxis Dr. Gollnau an, obwohl oder gerad *weil* es draußen so plätschernd vor sich hinregnete.

Ich besuchte die schöne sahnig weiße Praxis im "Ärztehaus Trossingen".

Als Wartezimmer fungiert eine kleine Flurnische direkt am Fenster, wo man auf den trüben und nicht reizlos vor sich hindämmernden Marktplatz schauen konnte.

Der Doktor war fasziniert und meinte, das sähe ihm doch sehr stark nach einem Biss aus, und wenn man ganz genau hinsah, so vermeinte man direkt feine Zahnspuren zu entdecken. Er richtete die Lupe auf das Bein und war gebannt, denn ein derartiger Fall begegnet ihm nicht alle Tage.

"Nein!" sagte er plötzlich quirlig und belustigt, denn ein solcher Fall sei ihm nicht selten, sondern noch gar nicht begegnet!

Da sollte man doch direkt ein bißchen detektivisch nachgrübeln….

Entweder ein giftiger Kaktus, eine gigantische afrikanische Springspinne mit Zähnen oder eine Giftschlange, und ich solle morgen früh unbedingt zum Blutabzapfen wiederkehren.

Mir wurde blümerant, weil ich an Frau Reimich denken mußte und somit Angst bekam, ich müsse mich nach der Blutanalyse mit dem lästigen Zufallsbefund Diabetes Typ II auseinandersetzen.

Lethargisch kaufte ich in der Apotheke das verordnete Antibiotikum, und fühlte mich so, als sei bereits alles aus.

Daheim verbrachte ich einen Abend auf Invalidenbasis, obwohl es mir eigentlich nicht wirklich schlecht ging.

Ich telefonierte mit Ofenbach, um mir Rehleins Segen einzuholen, daß ich das Antibiotikum doch nicht nehmen müsse, doch dann nahm ich´s nach Rehleins händeringenden Worten ja doch!

Buz war sehr besorgt und mobilisierte gleich zwei Damen, - die Marie-Hélène und die Gloria - die mich nötigenfalls in der Nacht ins Krankenhaus fahren müßten.

Buz ist immer sehr besorgt, und in seiner Fantasie lag ich bereits tot auf dem Katafalk!

Vom Tone erfuhr ich, daß ein solcher Biß tödlich enden würde, wenn man einen roten Strich sähe:

Dieser kündige unmißverständlich eine letale Blutvergiftung an, und so solle ich das angeordnete Antibiotikum *dringend* nehmen.

Ich fand es ergreifend, dem Tode so nahe zu sein, und vielleicht bald den Opa wiederzusehen - doch leider sah man keinen roten Strich.

Dienstag, 5. November

Meist voller Regenperlen

Zu früher Stund´ herrschte bereits Betrieb in dieser warmherzigen und so menschlichen Praxis.

Im Wartezimmer rieselte leise Mozarts kleine Nachtmusik, und ein Plakat an der Wand von der Mozart-Messe erinnerte daran, daß der Doktor im Chor mitsingt.

Wie selbstverständlich war der emsige Herr Gollnau zu dieser frühen Morgenstunde bereits für seine Patienten da.

Mein entzündetes Wadenbein wurde mir von einer netten Frau aus- und wieder eingepackt, und leider war kein rechter Unterschied zu gestern auszumachen.

Dann saß ich im Wartezimmer und las in der "Brigitte" über eine Dame mit Namen "Nicole", die ihre Eltern den Flammentod sterben lassen wollte.

Das Blut hat mir der Doktor eingenhändig "o´zapft", und zapfte drei Ampullen voll.

"Ich lass Ihnö schon no was…" sagte er in trockenem Trossinger Humore.

Hilflos gab er die Anweisung, ich dürfe nicht so viel herumlaufen, aber ins Bett legen müsse ich mich "au net".

Derzeit erzähle ich allen Leuten genüßlich von meinem Leiden, doch nicht allen erzähle ich das, was ich Tone und Nora erzählt habe:

Daß ich nämlich gerne sterben würde, weil das Leben ab vierzig mühsam sei.

"Glaubst du vorher ist es lustiger?" lachte die Nora freudlos durch den Hörer.

Ich sah das völlig Unglaubwürdige vor meinem geistigen Auge:

Wie sich nämlich in der Wohnung von Miriams Obermieter lautlos eine Kobra meinem Wadenbeine nähert, und durch das Hosenbein zubeisst.

In "Brisant" kam heute etwas über Thorsten V.

Ob er nun tatsächlich ein Mörder, oder eher ein Unfallvertuscher ist weiß niemand.

Er steht im Verdacht, die kleine Julia ermordet und im Wald verbrannt zu haben - da er aber ein ganz normaler Familienvater ist, der polizeilich noch niemals auffällig war, könnte es eben so gut sein, daß er die kleine Julia in betrunkenem Zustand angefahren, und die ohnehin schon Tote somit aus Angst um den Führerschein verbrannt hat.

Er arbeitete als seriöser Mitarbeiter im Verwaltungstrakt der Universität Gießen, und war als sympathischer, angenehmer Mensch angesehen und beliebt.

Die Obduktion ergab, daß die Julia nach einem Schlag auf den Kopf gestorben ist, der mit einer gewissen Wahrscheinlichkeit von einem Aufprall herrührte.

Auf dem Heimweg nach der Leichenbeseitigung wurde Thorsten V. geblitzt.

Als er Tage später in seinem Keller Beweisstücke verbrennen wollte, gab es eine Verpuffung und er selber erlitt lebensgefährliche Verbrennungen.

Die zu erwartende Spanne im Strafmaß ist groß:

Zwischen lebenslanger Haft und einer zeitlich begrenzten Bewährungsstrafe ist alles denkbar.

Abends rief wieder die Hilde an, die es nicht fassen kann, daß ich *vielleicht* von einer Schlange gebissen worden bin.

Die Hilde hatte sich heut ebenfalls Blut abzapfen lassen, und einen Test bestanden: Einen Schwangerschaftstest!

Der Omar, der eigentlich strikt gegen ein zweites Kind war, änderte seine Meinung und freute sich, so daß er sich - für einen Muslimen ungewöhnlich - im Laufe des Abends sogar betrunken hat.

Etwas wofür ihn sein Vater umbringen würde, sofern er davon Wind bekäme….entsetzt über seine Entgleisung nahm er der Hilde ihr Ehrenwort ab, daß sie dem Vater gegenüber Stillschweigen bewahren möge.

Mittwoch, 6. November

Hie und da reizvoller warmer Sonnenschein.
Sonst dahinziehende Wolkengebilde

Meinen Ausschlafungstag konnte ich heute kaum genießen, da ich doch um 8 Uhr 45 in der Praxis Dr. Gollnau erwartet wurde. ("Das Urteil!")

Ich gehe allerdings gern in die freundliche Praxis, und da ich ja jetzt schon zum dritten Male hinging, fühlte ich mich ein bißchen so, als strebe ich zum Dienst.

Vor der Praxis lernte ich ein schwerfälliges, halbinvalides Hefegebilde kennen: Eine alte Frau, die so wie ich zum Dr. Gollnau strebte, und allerdings den Aufzug nahm, weil "die Pumpe" nicht mehr so recht wollte.

So fuhr ich aus Nettigkeit mit, obwohl etwas Bewegung den Waderln zweifelsohne besser getan hätte.

Heute mußte ich gar nicht warten, und die eine blonde Dame, die mich so an meine derzeitige Lieblingssängerin Lucia Popp erinnert (zirka 51 Jahre alt), wechselt mir immer so nett und kompetent den Verband.

Dann mußte ich auf meine Laborwerte warten.

Innerlich hatte ich mich schon gegen allerlei gewappnet, und sah es bereits vor mir, wie der Doktor beispielsweise bedauernd und gutmütig sagt:

"Frau König, wir müssen uns über Ihre Leberwerte unterhalten, die erschreckend erhöht sind. Trinken Sie?" oder: "Frau König, wissen Sie, daß Sie Diabetikerin sind?"

Wie zum Hohn fiel mein Blick auch ständig auf irgendwelche rosa Patientenkarten die achtlos auf dem Tresen herumlagen - neugierigen Blicken preisgegeben, und wo z.B. säuberlich mit Schreibmaschine draufgetippt stand: "Diabetes Mellitus". Kurz glaubte ich gar erschrocken, dies stünde auf *meiner* Karte, doch die Karte mit der niederschmetternden Diagnose gehörte einer anderen Franziska, Jahrgang 1920, und schon wieder wackelte so ein erbarmungswürdiges altes Gestell mit von Bandagen umwickelten ödematisierten Beinen herbei.

Dann hat der Doktor einen jungen Herrn, Jahrgang 1973, zum Diabetesseminar am 2. Dezember angemeldet, und zu mir sagte er plötzlich ganz beiläufig im Vorübergehen: "D´Laborwerte sind in Ordnung!" so daß ich diesem angebissenen Tag ja doch freudig entgegentreten konnte!

Am Nachmittag schaute ich "Heute in Deutschland": und da sah man den Angeklagten Thorsten V. unter einer grauen Sportkapuze mit Sonnenbrille versteckt, auf welchen nun ein ungeheures Blitzlichtgewitter eingeschossen wurde, welches er ganz versunken über sich ergehen ließ, so daß es an einen Prozess im Mittelalter erinnert hat.

Wir Zuschauer erfuhren heut, daß Thorsten V. alle Vorwürfe abgestritten hat, und das Gericht ihm somit mühsam alles beweisen muß…

Man zeigte ein kleines Interview, das er als Anwohner beim Laubkehren direkt nach Julias Verschwinden einem Privatsender gegeben hat. Dort hatte er einen sehr sympathischen Eindruck hinterlassen.

"Als Vater gibt einem dies zu denken!" sagte er.

Am Nachmittag rief die Veronika an.

Auch wenn mir der Anruf leicht ungelegen kam, - ich hatte mich soeben dazu aufgebündelt, sinnvoll tätig zu sein, plauderte ich, um nicht unhöflich zu scheinen, ganz lang mit ihr.

Ich sprach davon, daß die Veronika den Geigenbauer L. anrufen müsse, um sich nach dem Stand seiner Liebe zu erkundigen.

Es heißt ja, daß der L. sich verliebt habe und bei diesem Thema auch sehr mitteilungsfreudig sei, zumal er mit Frauen bislang leider nur wenig Glück hatte.

Die Veronika traute sich aber nicht so recht, ihn nach dem Stand seiner neuen Liebe zu befragen.

"Aber du hast dich doch auch getraut, nach dem Stand meiner Gesundheit zu fragen!" warf ich ein.

Es heißt ja, die drei wichtigsten Dinge im Leben seien Gesundheit, Liebe und Finanzen. Doch nur nach der Gesundheit darf man fragen, obwohl das im Grunde auch indiskret ist.

"Stell Dir nur vor, jemand laboriere an einer Diarröh, und Du frägst ihn nach dem Stand seiner Gesundheit aus!" gab ich zu bedenken.

Donnerstag, 7. November

Regnend grau und trüb

Ich strebte durch den unwirtlichen Nieselregen zur Praxis Dr. Gollnau.

Heute wurde mein krankes Bein von einem jungen russischen Fräulein ausgewickelt, und ich bestaunte ihre weißlackierten Fingernägel, wo auf jedem einzelnen zwei Perlen aufgeklebt waren.

"Schöne Fingernägel!" sagte ich verbindend, und das Fräulein freute sich darüber.

Eingewickelt hat mir das Bein dann wiederum die erfahrene Variante von Lucia Popp.

Der Doktor war sehr nett, schrieb mir dann allerdings noch eine Packung Anabolika← (hätt´ ich beinah geschrieben!) auf, und wie es ausschaut, war das heute meine letzte Sitzung in der beliebten Arztpraxis.

Das Traurige ist:

Man hat sich mit dem Praxis-Team, und irgendwie auch mit den Mitpatienten, und sei´s nur ihrer Aura in der man mitgewabert ist, angewärmt und schon wird man wieder aus dem Geschehen hinausgeblendet.

Auf dem Markt wurde ich von einem hampeligen jungen Schwaben sehr gut bedient.

Vor mir kam eine dürre Seniorin dran, die sich eine spitzzulaufende Tüte Birnen "schöne Luise" gönnte.

Ein hageres Gebilde wie meine verstorbene Großtante Lore, und vor zirka 5-6 Jahren hat die Lore vermutlich auch so eingekauft. Etwas, was gar nicht so lange her ist, und heut ist´s bloß mehr eine fast surreale Erinnerung.

Im Schwarzwälder Boten las man, daß der Auftritt von Thorsten V. vor Gericht gespenstisch gewesen sei.

Nach nur zehn Minuten rollten die Sanitäter den schweigsamen, vermummten Mann wieder hinweg.

Freitag, 8. November
Trossingen - Stuttgart

Z.T. sonnig. Sonst trübe

Ich fuhr mit der Han-Lin nach Stuttgart.

Interessiert frug ich sie nach der Probenarbeit des Jade-Quartetts aus, in die ich mich heut erstmals mit einschmiegen durfte.

Ich erfuhr, daß sie zunächst immer etwas Klassisches spielen würden - z.B. einen Schubert.

Doch hernach brauchen sie dann etwas Dissonantes, und spielen somit Alban Berg oder etwas von Ligeti. Am meisten reden Wembo und Gina, und nur die Lisa sitzt immer stumm wie ein kleiner Schmetterling mit dabei.

Gestritten wird auch viel, und einmal habe der Wembo sogar seine Bratsche zusammengepackt und ist gegangen!

Als Zeichen seines Protests gegen das seiner Meinung nach unqualifizierte Geschnatter der Damen.

Han-Lins Händi klingelt asiatinnengemäß unentwegt auf.

Meist war es der Wembo, von dem es hieß, er würde jetzt anfangen Spaghetti für uns zu kochen.

Wenig später im beschaulichen Stuttgart-Möhringen in Wembos gemütlicher Wohnung.
Der Wembo hat seine Wohnung mit zwei kleinen Kätzchen belebt. "Bella" und "Van Goch".
Zwei große Schachteln mit Katzenleckerli stehen herum, und auf jede hat er einen Katzennamen draufgeschrieben - so als wenn die Katzen lesen könnten.
Wir aßen Knoblauchnudeln, die sich auf dem Teller wie eine ungekämmte Frisur ausnahmen, und ich warf die Frage auf, wie es wohl sei, eine Nudelbürste zu erfinden?

Musikhochschule Stuttgart am Nachmittag:
Wir probten im Raum von Herrn Melcher, dem Primarius des Melos-Quartetts, und es machte mir eine solche Freude!
Von der ersten Sekunde an fühlte man die pulsierende, energetische Qualität dieses Ensembles.

Hegelstraße am Abend:
Heute lernte ich Hildes Schwippschwager "Mars" kennen:
Einen bezwickerten Herrn aus Ghana, von Buz einst als "töricht wie eine Kuh" empfunden, in einer geschmackvollen afrikanischen Gebetshose
Steckend. Ich aber fand ihn nett.

Zu später Stund´ kam dann der Omar von der Schule heim, und frug gleich lustig: "Und? War es die Liebe auf den ersten Blick bei Dir?"

"Ja," sagte ich nett, weil es ja sonst kränkend gewesen wäre, und die Hilde lachte sich fast tot über diese Thematik.

Wieder nächtige ich im großen Zimmer mit der Hilde und dem kleinen Yüsslein.

Samstag, 9. November
Stuttgart - Trossingen

Grau

In der Nacht hustete der Yussuf oftmals wie der Opa.

Oder er babbelte, und manchmal weinte er.

Ich aber lag in meinem Winkel, tot wie ein Stein, oder eher wie eine eingepanzerte Schildkröte im Winterschlaf, die im Grunde gar nicht da ist. Man sieht sie lediglich.

Beim Frühstück zeigte sich, daß der Mars ein sehr guter Onkel ist.

Der Yussuf robbte sich auf sein Unterbein, und der Onkel mit dem Zwicker auf der Nas bewegte das Bein mit dem Knirps darauf gutmütig auf und ab.

Die Neigung der Senegalesen gern veräppelnde kleine Scherze einzuwerfen, zeigte sich auch bei diesem Mohren aus Ghana.

Einmal sagte er zum Yussuf: "Du machst immer nicht das, was man dir sagt!" und öffnete das Fenster scherzhaft, so als wolle er ihn hinauswerfen.

Alle lachten, aber für den kleinen Yussuf war´s eine Lektion! Wer nicht spurt, der fliegt…

Mars und Omar müssen derzeit sehr viel studieren, da für sie die Zeit der Klausuren angehoben hat. Beide tragen dicke Aktenordner mit sich herum, und ziehen ein ernstes Gesicht, und die Hilde wartete auf ihre reife Klavierschülerin Mascha (zirka 40 Jahre alt), die von 10 – 11 Uhr an Hildes pädagogischen Weisheiten nippen wollte.

Man weiß nie, nach welchem System die beiden Buschmänner lernen, und ob´s "was bringt"?

Sitzt der Omar auf dem thronartigen Bastsessel, so schaut er aus wie ein Pfau, der ein Rad schlägt.

Der Omar sitzt am Wochenende meist nur "so rum", und man wird nicht recht schlau draus, was ihm mit seiner Freizeit wohl vorschwebt? Manchmal fühlt er sich vielleicht innerlich grantig, weil er demnächst zum zweitenmal Vater wird, und die anfängliche Freude schon nach einem Tag wieder verglüht ist.

Die Hilde wollte wissen, ob er lieber einen Sohn oder lieber eine Tochter haben möchte, und der Omar lachte darüber. Die Frage schien ihm "typisch deutsch". Was will man denn noch Forderungen an Allah stellen?

Der Omar langweilt sich leicht, und sucht dann Streit mit seinem Sohn, indem er beispielsweise bedrohlich sagt:
"Yussuf, mach die TÜR ZU!"
Natürlich fühlt man einen veronikaartigen Reflex in sich, aufzuhüpfen um die Türe zu schließen - gepaart mit der Scheu, eine pädagogische Idee zu torpedieren.

Die Veronika in mir hatte sich schon gefragt, ob man den Mars einfach duzen dürfe? Ihn zu siezen hätte komisch gewirkt, aber andererseits wäre es ja wohl auch befremdlich wenn man jemanden, bloß weil´s ein Mohr ist, einfach duzt?

Doch der Mars nahm mir diese Überlegung ab, indem er mich einfach duzte, was ich sehr angenehm fand.

Ich erfuhr, daß er in Hilchenbach nur wenige Häuser von seiner Schwiegermutter entfernt lebt, doch dort gefällt´s ihm nicht, da dort praktisch nichts los ist.

Gestern hat sein vierjähriges kleines Töchterlein ihrem Papi ein selbstgemaltes Bild geschickt. Der Mars zeigte es mir mit scheuem Stolze, und es schaute ganz allerliebst aus: Herzchen, Blumen und Schmetterlinge.

Der Omar wurde grob gegen den kleinen Yussuf, weil er einen Strohhalm, den er einfach auf den Boden geworfen hatte, nicht wieder aufheben wollte.

Er rupfte den kleinen Kerl grob am Arm und hängte ihn auf demütigende Weise über den

Strohhalm, auf daß er lernen möge, den aufzuheben wenn es ihm befohlen wird, und hernach trug er ihn ins Schlafzimmer, um ihm unter vier Augen polternd ins Gewissen zu reden.

"Schau mich bitte AN, wenn ich mit Dir rede!" tobte er finster. Diese Worte hörte man durch die Tür zum Geheule vom kleinen Yüssle.

Zum Mittagessen betete der Omar in unserer Aura, statt mitzuhalten, weil er z.Zt. den Ramadan abhalten muß.

Der kleine Yussuf hat aber keinen Sinn für die Feierlichkeit des Gebets gezeigt, und bekraxelte seinen auf dem Teppich knieenden Papi solcherart als sei´s ein Dickhäuter.

"Sind wir uns wieder gut?? Sind wir wieder Freunde??!" hatte der Omar zuvor etwas aufdringlich auf den verängstigten kleinen Yussuf eingepoltert, und der kleine Yussuf hatte so eifrig und mit bangem Blick genickt.

Hie und da machte ich Ansätze zu gehen, doch der Omar sieht es nicht so gern, wenn man geht und riet immer wieder davon ab. Erst als ich versprach, am nächsten Dienstag wieder zu Besuch zu kommen, durfte ich los.

Der Yussuf busselte multipel auf mich ein, und frug wann ich endlich wiederkomme, da er als Kleinkind noch nichts von den Wochentagen versteht.

Wieder daheim in Trossingen.
Ich besprach meinen Anrufbeantworter neu:

Auf schwäbisch sagte ich: "Franziska König und Mohammed al Fayed sagen "Grüß Gott!"'

Dann rief ich die Hilde an, und erinnerte sie daran, daß ihr ehemaliger Verehrer aus der Musikbibliothek heute 50 Jahre alt wird.

Hätte sie ihn damals erhört, so würde sie heute in der Mörikestraße wohnen, und wir könnten am Abend gemeinsam einen heben gehen. So aber?

Heute tut der Hilde diese verpasste Chance auch leid, da sie viel lieber mit mir heben gehen würde, als daheim mit den drei Herren herumzusitzen.….

Sonntag, 10. November
Trossingen (Rottweil, Hallwangen)

Zuerst auf eine leicht deprimierende Art sonnig.
(Dem Sonnenschein wohnte ein fragender Ausdruck inne. Solcherart, als wolle die Sonne wissen, ob es mir nicht peinlich sei, so untüchtig zu sein?)
Ab Nachmittag Regen

Heute wurde ich im Neckartal zu einem Geburtstagsfrühstück für die kleine Feli erwartet. Ich hatte nicht nur Gummibärchen aus dem Bioladen besorgt, sondern packte auch das schöne historische Rübezahlbuch ein.

Schon diesen einen Termin hätte ich am liebsten abgesagt, doch stattdessen packte ich mir noch einen anderen hinzu:

Die Katharina in Hallwangen bei ihren Eltern zu besuchen.

Ferner sollte ich im Bäumlesweg in Lauffen den verwitweten Opa Nowak aufpicken, der ebenfalls als Geburtstagsgast geladen war, Mit diesen Terminen bepackt fuhr ich los.

Schon in Deisslingen fand ich das Schild "Lauffen" nicht, und drehte zwei Schlaufen um den Ort, bevor ich´s dann doch fand.

Doch in Lauffen selber verfuhr ich mich, und kam statt zum Opa auf schlanke Straßen inmitten einer grünen Graswoge.

Bei zartem Sonnenschein kam ich dann aber doch noch beim Opa an.

Zum ersten Male seit dem viel zu frühen Tod von Omi Nowak vor fünf Jahren betrat ich somit die leere Wohnung, in welcher der freundliche, zuckerkranke Herr aus Hamburg – „der Mann, der es nicht mehr lange macht" - nun ganz einsam vor sich hinlebt, denn vor einem Jahr wurde auch noch sein Hund eingeschläfert. (Krebs!)

Opa Nowak hatte sich schon um vier Uhr in der Früh´erhoben, um einen großen Apfelkuchen zu backen, weil es vielleicht auch nicht alle Tage vorkommt, daß er mal bei den jungen Leuten zu Gast ist? Ferner hatte er für die Feli einen kleinen Schokoladen-Gugelhupf gebacken, und für die Rosalie einen sehr schön verzierten kleinen Kuchen, damit sie sich nicht benachteiligt fühlt.

Und außerdem hatte er kleine Überraschungen und Geschenke für seine Enkelkinder eingepackt.

Wenn man aus dem Küchenfenster schaute, und über Opa Nowaks Leben nachsinnierte, dann wirkte alles so kahlgerupft: Kinder aus dem Hause, Frau tot, Hund tot, Leben im Prinzip vorbei…

Gemeinsam fuhren wir nach Rottweil, und wurden sehr nett vom Hausherrn Hubert willkommen geheißen.

Hausherr Hubert stak in einer Küchenschürze und kochte ein schönes Sonntagsgericht für seine Lieben.

Mich begrüßte die Ute sehr warm mit Sonntags- und Wiedersehensfreudenküssen, doch ich empfand´s als etwas traurig, daß sie den alten Mann, nur förmlich mit einem Händedruck begrüßt hat.

Opi Nowak reichte der kleinen Rosalie die Hand, doch das ungehobelte Ding ergriff sie gar nicht. Etwas, was beim wohlerzogenen Yüsslein undenkbar gewesen wäre, denn das kleine Yüsslein liebt es, warme Hände zu ergreifen und zu schütteln.

Die Feli hatte sich hinter dem Stuhl verkrochen, und als sie unter infantilem Gekicher wieder hervorkroch, bemerkte man, daß sie so besonders hübsch angezogen war:

Sie stak in einem weißen Konfirmandenkleidchen, und Mutti Ute hatte ihr einen Zopf geflochten.

Post hatte die Feli auch bekommen: Vom Onkel Frank aus Amsterdam, und von Omi Bott.

"6 Jahre bist Du nun!" schrieb die Omi geistlos, um die schütteren Zeilen zu strecken, und schenkte ihrer Enkelin "auch im Namen meines Mannes Kaspar" einen Schwimmkurs, "damit wir demnächst um die Wette schwimmen können!"

Als rührend empfand ich indes die Grußkarte, die der Opa Nowak seinen Geschenken beigelegt hatte.

"Dein Opa aus Lauffen", beendete er die freundlichen Zeilen, und wenn die Feli mal so alt ist wie ich, dann liegt der alte Mann ganz sicher bereits auf dem Gottesacker in Lauffen.

Nachtrag 2021:
Das tut er bereits jetzt.
(1933 - 2009)

Auf rührende Weise haben Ute und Hubert sich in die Vorbereitungen gestürzt, auf daß der kleinen Feli am 16. November ein wirklich unvergessliches Geburtstagsfest bereitet wird: Aus Holz hatten sie Wappen gesägt, und der Hubert hatte humorig angehauchte Einladungen solcherart geschrieben, daß man meinen solle, die kleine Feli sei ein echtes Burgfräulein.

Ich machte mich ein wenig nützlich und half dabei, die Briefe auf edelstem Büttenpapier mit der kunstvoll gemalten Schrift schön einzurollen, und an ein Wappen zu befestigen.

Doch mitten in dieser Aktion hinein wurde bemerkt, daß der Heizungsraum unter Wasser stand…

Man möchte aufspringen, hilfreich zur Seite stehen, und da man nicht weiß, wie - kommt man sich gleich so veronikafkaesk dabei vor! Ganz erschüttert wirft man die Hände in die Luft…

Bald darauf gab´s das schöne Mittagessen von dem ja schon die Rede war. Und auch der Nachbar, ein Herr mit Namen Jakob, war mit seiner neuen Freundin, einer Dame mit einem rotgefärbten Fransenbob zu Gast.

Die Rosalie mit ihren schnupfverkrusteten Nasenlöchern saß neben mir, und als der Hubert die köstliche Suppe austeilen wollte, legte sie bockig die Arme in den Teller, um dem entgegenzuwirken.

Opi Nowak war leider ganz schweigsam, weil ihm meist gar nichts einfällt, was die jungen Leute interessieren könnte?

(Leicht an Herrn Heike erinnernd.)

Da hätte er sich gestern Abend vielleicht Gedanken und Notizen machen müssen. Jetzt war´s zu spät.

Die Herren Hubert und Jakob plauderten fröhlich über den langen Tisch hinweg. Z.B. darüber, daß der Jakob sich bald scheiden lässt, und wann immer sich die Gelegenheit ergab, lachte ich fröhlich mit, und manchmal lachte ich auch den alten Opa freundlich an, weil ich ihn so nett fand.

Als Hauptgang gab es Hasenbraten mit einer roten, pikant-würzigen Soße.

Ganz zum Schluß spielte die Feli noch auf ihrer kleinen Geige, weil ich gesagt hatte: "Fünf Mark, wenn Du auf Deiner Violine spielst!" und ich staunte über die schöne Bogentechnik nach der König-Methode, die ihr bereits jetzt in Fleisch & Blut übergegangen ist. Auf nette Weise holte der Hubert ihr kleines Sparschwein herbei, und alle warfen etwas hinein.

Am Spätnachmittag in Hallwangen.
Der weißhaarige, leicht sadistisch veranlagte Pfarrer W. saß mit seinem dünnen Enkel Marius auf dem Schoß im Sorgenstuhl, und der Marius, von dem es heißt, er sei hochintelligent, ist leider noch nicht stubenrein, wie man an der großen Windelausbeulung erkennen konnte, durch welche das schmächtige Körperlein die Form eines kleinen Entchens bekam. Die dünnen Beinchen, an deren Enden die Kinderschühchen geradezu klobig wirkten.
Mit seinem süßen zarten kleinen Kinderstimmchen sagte er: "Kika!"

Später lag der Opa W. mal einfach so auf dem Teppich, als sei er "g´storbö".
Doch er ist bloß alt und hinzu *immer* müd, so daß er seiner Frau auf die Nerven fällt.

Nachtrag Juni 2021: Lebt noch immer!

Montag, 11. November

Vormittags ganz häßlich. Grau und regnend.
Mittags blaue Oasen am Himmel,
durch die man die Sonne schimmern sah

Im Traume hatte ich mich mit Rehlein leicht überworfen, weil Rehlein schon wieder gesagt hatte "Duuu und der Wolf!" Rehlein schickte sich an, auf unbestimmte Zeit sauer zu sein, doch ich würgte die Säuernis einfach ab, indem ich Rehlein busselte und nett ausrief: "Ich nehme jedes Wort zurück!"
Wir liefen gerade am Friedhof vorbei, und ich regte an, die Gräber anzuschauen...

Auf meinen Händen entdeckte ich ganz viele rote Punkte - so, als wenn ich die Masern hätte. „Sicherlich eine Nebenwirkung von dem Antibiotikum", dachte ich verdrossen und stellte die Einnahme zwei Tabletten vor Schluß einfach ein.

Der Friedel hatte die Petra angerufen, und interessiert rief ich auch gleich in Bad Honnef an, um mich nach pikanten Einzelheiten kund zu tun.
Die Petra sei ein wenig zurückhaltend gewesen, da sie ja einen Freund in Düsseldorf habe. Aber sie habe – so der Friedel - eine süße Stimme.
Dann rief ich die Petra an. Der Anruf vom Friedel hat die Petra ein bißchen durcheinandergewirbelt, wie man genau merkte, auch wenn sie sich bei der Schilderung um größte Beiläufigkeit bemühte.

Dienstag, 12. November
Trossingen - Stuttgart

Schön sonnig

Schon gestern abend war mir klar, daß ich ungut auf das Antibiotikum reagiert habe: Masern am ganzen Körper. Ich las auf dem Beipackzettel herum, und mußte wiederum an Hannelore Kohl denken, die einst von vier kleinen Tabletten so krank geworden ist, daß ihr ganzer weiterer Lebenslauf davon verdorben wurde. Eingenommen, um einer drohenden Grippe entgegenzuwirken, da ein Staatsbesuch in Korea auf dem Programm stand.

Ich fühlte mich an, als sei ich über und über mit Flohstichen übersät, und außerdem bellte ein Hund aus der Nachbarschaft so ausdauernd und hohl.

Im Spiegel bot ich einen deprimierenden Anblick: Ein ganz geschwollenes Gesicht, und auch die Lippen schienen mir dicklich aufgeplustert.

So suchte ich die Praxis Dr. Gollnau erneut auf. Ich durfte gleich ins Behandlungszimmer, und der nette Doktor schaute auch gleich nach mir.

"Ich muß Sie zum Hautarzt schicken!" sagte er, doch dann tat er´s doch nicht, weil er von selber draufgekommen ist, daß es an seinem eigenhändig verschriebenen Medikament liegen mußte. Also verschrieb er mir Tropfen.

Mit frischem Mut nahm ich daheim den Alltag wieder auf, obwohl selbiger schon bald in die stressige Loskommphase mündete.

Daß man immer das Bedürfnis hat, Buzen irgendwelche Zettel anzukleben, wie´s ja auch die Petra gemacht hat?

"Schuhe aus!!!" an die Türe. (Weil ich´s schon kommen sah.) Ich malte einen bloßen Fuß, und dann noch einen, der in einem Stöckelschuh stak, und letzteren umrundete ich kunstvoll mit einem Verbotsschild.

Alle meine Zettel klangen kurz angebunden.

Auf dem Kopfkissen lag ein Zettel mit den Worten "frisch bezogen".

Nein, so konnte das nicht stehenbleiben, und so gab ich mir große Mühe, die Worte auf den Zetteln liebevoll und freundlich einzufärben.

Einmal telefonierte ich mit der Hilde, die leider nicht zum Üben gekommen war, und sich somit auch nicht verbessert hat.

Der Yussuf hat immer noch Streptokokken und die beiden Mohren waren gestern nicht ansprechbar wegen ihren Klausuren. Mit dampfendem Kopf saßen sie gekrümmt über den Papieren und versuchten angestrengt, sich so schnell wie möglich zu verbessern.

Ich hatte gelobt, eine Flasche Schampus mitzubringen, sofern sie ihre Klausuren bestehen - doch die haben ja den Ramadan, und so wäre es ratsamer, Datteln mitzubringen.

Stuttgart Innenstadt am Nachmittag:

Immer wenn ich in den Spiegel schaute konnte ich sehen, daß meine Masern, insbesondere um die Halsregion herum, kein bißchen besser geworden waren.

Im Buchhaus Wittwer wälzte ich die ganzen Gesundheitswälzer nach meinem Leiden ab. Überall stand etwas von Hautausschlägen nach der Einnahme von Antibiotika, doch nirgends konnte man lesen, wann oder ob der allergische Schock überhaupt wieder abklingt.

Mit diesem Wissen bzw. Unwissen behaftet fuhr ich zurück in die Mohren-WG Hegelstraße 19a.

Die Hilde als Dauergastgeberin wider Willen wirkte etwas müd, verhärmt und nur mäßig gestimmt.

Die beiden Mohren krümmten sich in ihre Aktenordner, und nach einer Weile wurde der Yussuf von Mutti Hilde ins Bett gebracht.

Zu mir sagte der Yussuf übermütig: "Danke schön, du alte Oma!" und lachte so süß, da es ja auf Senegalesenart nur veräppelnd, aber nicht bös gemeint war.

Ich saß im Windschatten der studierenden Mohren und dichtete.

Mir fiel auf, daß die beiden Herren die gleiche Tuchhose trugen. Nämlich die senegalesische Gebetshose.

Einmal rief die Miriam an, die meinen Brief mit der Zeichnung auf dem Bett so nett gefunden hat, daß sie mich jetzt gerne kennenlernen würde.

Dann wiederum rief Hildes Schwester an: Die Bibliothek hatte ein Buch angemahnt, das der Mars nun einfach mit nach Stuttgart genommen hatte, so daß seine Ehefrau in Hilchenbach nun naturgemäß am Schäumen ist, so wie Rehlein es an ihrer Statt wohl auch wäre….

Ich erfuhr, daß die Hilde letztes Jahr von Weihnachten an bis Mitte März hinein an einer schweren Grippe laborierte, *obwohl* sie sich doch dagegen hat impfen lassen. Mehr noch: Es wurde "die Grippe ihres Lebens" draus, und wer sagt uns, daß man mit der Impfung die Geister nicht überhaupt erst gerufen hat?

Jetzt muß sie ständig dagegen ankämpfen, daß sich das Drama nicht wiederholt, da alle Bekannten in ihrer Umgebung so mehr oder minder krank sind.

Auch das Yüsslein wurde mal geimpft und ist seitdem ständig krank - und dabei hatte man sich doch damit grad vor diesen Lästigkeiten schützen wollen!

Und ohne Impfschein kriegt man keinen Kindergartenplatz, muß sein Kind stattdessen privat daheim großziehen, und kann kein Geld verdienen.

"Impfen ist ein Verbrechen!" käute ich Worte von Omi Agnes wieder, mit denen sie den jungen Leuten auf den Wecker zu gehen pflegt.

All diese kleinen Ärgerlichkeiten pflastern Hildes neuen Lebensweg, der doch mit so viel Schwung und frischem Mut beschritten worden war.

Jetzt aber lenkten wir uns davon ab, und musizierten ein bißchen: Eine Sonate von Hindemith, die ich allerdings als spröd empfand.

Bald darauf retirierten sich die Herren zum Schlaf.
Die Hilde war plötzlich plauderfreudig gestimmt. Sie erzählte, daß sie offenbar von irgendeinem Verwandten den Hang zum Jähzorn geerbt hat, da es sie immer so rasend stimmen würde, wenn der Yussuf mal einen Blödsinn macht.

Neulich habe das Yüsslein zum Omar gesagt:
"Heute kriegst du keinen Kuß, weil du den ganzen Abend lang so böse geschaut hast!"

Da ist der Omar wie eine Rakete aufgesprungen, so daß man sich fürchten mußte, und hat den kleinen Kerl verprügelt.

Der "Gute-Nacht-Kuss" sei Kult - und ohne darf man bei denen gar nicht ins Bett gehen!

Es war allerdings wahr, daß er den ganzen Abend so finster geschaut hat, weil ihm der Yussuf abends nichts recht machen kann - während der Yussuf, der sich Tags über im Kindergarten benehmen muß, abends zuweilen zu Schabernack aufgelegt ist, und zudem seine Grenzen austaxieren möchte.

Mittwoch, 13. November
Stuttgart - Grebenstein

Mal sonnig. Mal weißwölkig

Hie und da wachte der Yussuf in der Nacht auf, und heulte immer sofort unreflektiert los.

Morgens wurde er dann für den Kindergarten zurechtgesattelt. Er stürmte allerdings nochmals ins Schlafzimmer zurück, nannte mich "Schlafmütze!" und einmal sagte er gar: "Bäbäbäääh!" so daß ich theoretisch wie eine Rakete hätte aufspringen können, um ihn zu verdreschen. Doch mit meinem derzeitigen Gebaren bin ich in Yussufs Hirn erstmal unter der Rubrik "harmlose alte Oma" gespeichert.

Nach einer Weile kehrte Mutti Hilde vom Yussufwegbrung mit Brötchen zurück.
Wir sprachen über ihre Kusine Odette, die jetzt Ärztin im Krankenhaus ist. Aber auch darüber hinaus hat sie so viel Geld, daß sie in diesem Leben nie mehr arbeiten müßte.
"Ja, meine reiche Verwandtschaft!" seufzte die Hilde vieldeutig, und ich erfuhr auch, daß die Odette eine ganz snobistische Ader habe. Einmal war sie bei der Hilde zu Gast und meinte, in so einer Wohnung könne sie es keine fünf Minuten aushalten.
Ferner erfuhr ich, daß Omar & Mars, gerad wie das doppelte Kläuschen, immer zusammenkleben

und immer zuhause sind. Die Mohren-Disko ist zur Prüfungszeit erstmal in weite Fernen gerückt.

"Die könnten ruhig mal wieder ausgehen!" seufzte die Hilde.

Dann schwärmte sie begeistert von ihrem 14-jährigen Neffen Tejani, der das Leben der ganzen Familie so bereichert, da er immer freundlich und sonnig sei. Die ganzen Pubertätsprobleme über die beständig gestöhnt wird, scheinen um ihn einen riesengroßen Bogen gemacht zu haben.

"Der Tejani ist eine wahre Wonne. Man schaut ihn an, und schaut in ein lachendes Gesicht!" rief die Tante Hilde begeistert, und hangelte sich beim Gedanken, daß das Yüsslein vielleicht auch einmal so wird, seelisch wieder etwas in die Höh´.

Doch zur Zeit nervt es sie, daß der Yussuf immer bei ihr im Bett schläft.

Ich hatte mich ein wenig an das Frühstück angeklammert, so wie ich mich zuvor in den Schlaf geflüchtet hatte, weil mir das Drumherum so mühsam ist.

Als wir hernach "Baal Shem" probten, freute ich mich an der Musik und auch daran, daß es so schön lief.

Um zwölf Uhr kam die Miriam, die ich somit heut kennenlernte, und wer hätte jetzt gedacht, daß wir von der ersten Sekunde an dicke Freundinnen waren?

Die Miriam hat gestern ein Probespiel in St. Gallen gemacht.

Doch leider hat sie sich das ersehnte Pöstchen nicht ergattern können.

Jetzt erzählte mir die Miriam vom kleinen Augustin, und daß praktisch kein Mensch weiß, wie das mit dem Feuer passiert sein soll?

(Ein Rätsel und Mysterium wie der Biss in meiner Wade.)

Der künstlerisch veranlagte Augustin pflegte immer um einen Olivenbaum in der Einöde herumzulaufen, um über seine geplanten Kompositionen nachzusinnieren.

(Ein Ritual des seltsamen Jungen)

Doch plötzlich stand er in Flammen, und möglicherweise war es ein Anschlag von einem boshaften und eifersüchtigen Menschen, der dem Knaben sein Talent mißgönnte.

Am schlimmsten sei der Rücken betroffen, doch nun spielt er wieder - Gott sei Dank!

Als Hilde und Miriam je zum Unterrichten aufgebrochen waren, räumte ich noch den Tisch auf und pappte ein Pickerl mit der Aufschrift **"ordentlich"** drauf.

Heute fuhr ich zum Omisitten nach Grebenstein.

Frau Wyss hat einen Autounfall gehabt, und statt ihrer sei nun "die gute Frau aus Veckerhagen" eine Dame namens Lore da.

Ich wurde sehr nett willkommen geheißen, und in der überheizten Stube trat gleich ein leises Gefangenheitsgefühl ein.

Auf dem Tisch lag eine Karte vom Utelchen, die heute gekommen, indes schon vor langer Zeit geschrieben worden war, da das Utelchen mit ihrer Dyskalkulie (legasthenischer Zahlenschwäche) die Postleitzahlen leider nie so richtig hinbekommt.

Da Zahlen in ihrem Gehirn auf mysteriöse Weise einfach keinen Halt finden, kann sie die ja wohl auch kaum niederschreiben, und muß somit ein bißchen Postleitzahlenlotto spielen.

Wir erfuhren, daß der Vater von der Lore, jener entfernten Verwandten die heut zu Besuch war, mit 79 Jahren an einem Darmverschluss starb, und ihre Mutti mit 59 im Schwimmbad an jähem, akuten Herzversagen.

Doch die Lore hat eine rustikale Einstellung zu allen Themen, und fühlte nur Dankbarkeit, so eine tolle Mutter gehabt zu haben.

Dann verabschiedete sie sich in die kalte Nacht hinaus.

Ich dichtete, und die Oma hustete abscheulich und zappte dauern an ihrem kleinen Radio herum, so daß es quitschte und knisterte.

In der Zeitung las ich noch, daß ein 15-jähriger Jüngling wegen Mordes an seiner Oma vor Gericht steht.

Sie habe ihn mit ihren bohrenden Fragen genervt.

Donnerstag, 14. November
Grebenstein - Fischerhude

Leicht nieselig und grau.
Als es dunkel wurde, regnete es

Beim Moribundentagesaufsattelungszeremoniell am Morgen - (ein selten angewandtes Wort) - sprachen wir über Tamagochis, die von der Omi so grässlich gefunden werden.
Aber als ich der Omi ihr Notfall-Tamagochi umhängte, wirkte es auf lustige Weise so, als hängte man ihr einen Verdienstorden um, und dabei war die Omi strenggenommen, zumindest für Buz und Uta, eine eher mittelmäßige Mutter, und für uns eine im Grunde dürftige Oma.
„Aber wir lieben dich trotzdem!" beeilte ich mich zu sagen.

Wieder kam die gute Fee aus Veckerhagen zu Besuch, und wir erfuhren daß ihr Schwiegersohn Karsten mal ein halbes Jahr lang im Krankenhaus auf ein Spenderherz wartete. Natürlich assoziierte ich bei dieser Erzählung einen älteren Herrn, doch der Karsten ist jetzt 27, und das neue kalte Herz bekam er vor drei Jahren, als er quasi noch ein Jüngling war!

Dann frühstückten wir gemütlich.
Die Lore hat deswegen sechs Kinder, weil sie immer sechs Kinder wollte.

Früher schnitt sie den sechs Kindern immer eigenhändig das Haar, weil es sonst zu teuer geworden wäre.

Und einmal gönnte sie sich für 40 Mark eine spezielle Haarschneideschere.

Doch wenig später wurde die schöne, teure Schere von den Kindern zum Basteln benützt. Sie schnitten Fenster in einen Waschmaschinen-Karton um ihn in ein Häuslein zu verwandeln, und dabei wurde die Schere so mehr oder minder ruiniert.

Als ihre eine kleine Tochter vier Jahre alt wurde, wußte die Lore nicht so recht, was sie der Kleinen zum Geburtstag schenken solle und frug sie einfach.

Die kleine Kerstin sagte:

"Ach, weißt Du…ich glaube ich habe eigentlich alles!"

Doch dann wünschte sie sich einen kleinen Hahn für ihren Bauernhof.

Zum Abschied gab ich der Omi 51 Küsse, damit sie sich am Telefon bei allen damit brüsten kann, heute bereits 51 Küsse bekommen zu haben.

Das sind mehr, als die Veronika mit ihrer Jahresration von mageren vier Küssen, in zehn Jahren verteilt!

Im Autoradio hörte ich "Texte & Zeichen", und das Hochgeistige tat mir so gut.

Es sprach Hans Magnus Enzensberger, der so eine nette griffige Stimme hat, mit der er nun über die "Ironie" referierte, die als solche von einem amerikanischen Weltverbesserer "beprangert" wird, so daß man erwägt, sie abzuschaffen, bzw. ihre Nutzung unter Strafe zu stellen. Treffend meinte Hans Magnus E., daß das so wäre, als wolle man einen dummen Intellektuellen hinstellen und sagen:

"Schaut her! Das ist die Intellektualität! - Sollte man sie nicht lieber ganz abschaffen?"

Nein! Ironie ist ein feines unverzichtbares Gewürz für Dichter und Denker!

Fischerhude am Abend:
Von außen konnte ich sehen wie Mutti Inga anmutig die Jalousien zuzog, und dann wurde ich so warm empfangen. Auch von der kleinen Judith bekam ich einen warmen Kinderkuss.

Dann hopste die Judith übermütig auf dem Hopsball herum, (einem Ball auf dem man sitzen, sich an zwei Stengeln festhält, und herumhopsen kann) und der rührende Achim hatte mir Röhrennudeln in Knoblauchsoße geschmelzt, die er mir stilgerecht aus der Pfanne servierte, so daß ich mich gefühlt hab wie eine Prinzessin.

Einmal hüpfte eine Nudel durch meine Schuld auf das weiße Tüchlein, und hinterließ einen unschönen Fettfleck. Innerlich erschauderte ich mich an der Idee, wie das jetzt nur wäre, *wenn ich plötzlich von einer entsetzlichen Gastespechwoge erfasst würde?*

(Schon wieder steht hier ein kaum gebräuchliches Wort):

Ein kostbarer Teller fliegt zu Boden, ich trete der kleinen Judith auf den Fuß, zwei Zehen sind gebrochen, und dann setze ich mich auch noch auf die teure Gitarre, die unter meiner Rubenslast krachend splittert!

Knatsch mit der Judith gab es auch.

Einmal wurde die Kleine, die eben noch so fröhlich war, im Badezimmer schrecklich von Mutti Inga ausgeschimpft.

Irgendwie erinnerte mich dies leicht an die Omi Mobbl, wie sie früher mit ihren kleinen Kindern umzugehen pflegte – auch wenn ich dies nur aus Rehleins Erzählungen kenne.

Die Judith trat laut aufheulend ins Eßzimmer, und entschwand mit einem dem Geschrei geschuldeten unschön geöffneten quadratischen Mund ins Kinderzimmer.

Mutti Inga bezog in Judiths Kinderzimmer das Bett für mich, und plötzlich hörte man, wie sie sich schon wieder bedrohlich aufärgerte.

Der Achim, der neben mir am Tische saß, seufzte schwer davon, weil es ihm misshagt, daß die Inga immer so viel schimpft.

Doch es war ja derothalben, weil die unreife Judith die Pailletten von dem kostbaren Schaukelpferdchen abgezupft hat.

Jetzt waren beide Elternteile verärgert auf das heulende kleine Bündel, und niemand mochte ihr mehr vorlesen…

Nach einer Weile trat die Judith allerdings geläutert in die Wohnstube zurück, und sagte klar und deutlich:

"Entschuldigung!" und "Ich will es auch <u>nie wieder</u> machen!"

Mutti Inga hatte aber trotzdem keine Lust, dem kleinen Wammerl die Geschichte vom Räuber Hotzenplotz weiter vorzulesen.

Später las dann Vati Achim vom Räuber Hotzenplotz vor.

Er las so schön und ausdrucksvoll, daß ich mir zu meinem nächsten Geburtstag wünschte, er möge mir Kassetten damit für meine Autofahrt vollsprechen.

Dann zupfte der Achim kleine Weisen auf seiner Gitarre, eine Kerze brannte, und es war so poetisch.

Wir hoben noch einen späten Wein, und der Achim erzählte, wie er mit anderen Gitarristen, sprich „Artgenossen", leider nicht so klarkäme.

Gute Nacht!

Freitag, 15. November
Fischerhude - Aurich

Zuerst weißneblig.
In Aurich lieblichster, warmer Sonnenschein

Sehr gut im Kinderzimmer neben der kleinen Judith genächtigt.

Ich erhob mich, kleidete mich im Dunklen an, und die Judith, von der es heißt, sie würde unbarmherzig jeden Morgen um halb sieben als Wecker fungieren, war noch in einem murmeligen Kinderschlummer versunken.

Unbefangen setzte sich die Judith einfach in meiner Sichtlinie auf die Klobrille, um bald ganz unbekümmert nach Vati Achim zu rufen, der ihr den Po wischen möge!
Eine Aufgabe, die für den warmherzigen Achim eine Selbstverständlichkeit ist.
Ich selber erbot mich, Brötchen holen zu gehen, und es hieß, der Weg dauere acht Minuten lang. Mit Kaufvorgang und Rückweg müsse man somit mindestens zwanzig Minuten Zeit veranschlagen.
So nahm ich´s als Morgenjoggerei, doch die Beschreibung vom Achim saß mir nur lose im Kopf, so daß ich die Bäckerei zweimal an ganz entlegenen Stellen suchte, wo ein normaler Bäcker gar nicht hinbauen würde.
Draußen war´s feucht-neblig aber relativ warm.

Dann saßen wir beim Frühstück da, und warteten auf Mutti Inga, die noch sehr lange im Bad verschwunden blieb, weil sie sich immer so hübsch machen will.
Ich plauderte mit dem Achim über die "Strenge" als Erziehungsmittel, und erfuhr, daß auch er zuweilen aufpoltert. Wenn die Judith z.B. mit Fleiß etwas macht, was die Erwachsenen brüskiert.

Doch eigentlich findet er es nicht gut, und hinterher tut´s ihm immer „ganz doll leid".

Die Judith sang uns so süß mit ihrer bezaubernden Kinderstimme ein Kinderlied vor, und untermalte das Ganze auch noch gestisch, so wie sie es im Kindergarten gelernt hat.

Vati Achim begleitete das Lied auf einer kleinen Kindergitarre, und hernach verbeugten sie sich, so wie es sich gehört.

Achim und Inga haben sich über meinen Besuch so gefreut, daß sie über und über betonten, daß ich bald wiederkommen solle.

Mittags in Aurich:

Völlig überraschend rief der Yossi an, und zu ihm, auf den ich eigentlich sonst sauer bin, fühlte ich eine angenehme Wellenlänge, so daß ich mir, auf einer spontanen Woge der Nettigkeit schwimmend, sogar seine Telefonnummer geben ließ.

Ich schrieb sie allerdings bloß auf das großformatige Papier in Buzens Zimmer, und habe eigentlich nicht vor, sie je zu benutzen.

Der Yossi plant, Wien den Rücken zu kehren, um sich auf Künstlertypenart im fernen Amerika niederzulassen, so daß wir ihn nach menschlichem Ermessen wohl nie wiedersehen werden?

Frau und Tochter haben ihn verlassen. Mehr noch: Sie sind vor ihm geflohen.

Klammheimlich lösten sie ihre Wohnung auf und verschwanden aus Yossis Leben.

Doch der Yossi schaltete einen Rechtsanwalt ein, und weiß nun, daß sie sich in Berlin niedergelassen haben. Jetzt hofft er drauf, daß seine Tochter bald in die Pubertät kommt, und gegen ihre Mutter rebellieren wird.

Samstag, 16. November

Zuerst blassgrau, dann regnerisch

Unfaßbar, was Ming und Rehlein alles mitgebracht haben! Zum Beispiel ein Einrad!

Rehlein freute sich auf den Friedel, und die Feier beim Tone wie auf Weihnachten vor, und den ganzen Nachmittag lang waren wir damit beschäftigt, uns zu verschönern.
Ich selber freute mich weniger darauf, da ich dort meist neben irgendwelchen Adligen zu sitzen komme, und angestrengt Konversation machen muß.

Am Nachmittag kam der Friedel, und wir freuten uns unglaublich über diesen seltenen Gast.

Einmal kam die Nora vorbei, um Ming eine CD zu bringen, die Ming doch überhaupt nicht interessierte. Hinterher fand Ming die Nora so fordernd.

Abends beim Tone:

Die Nora war aus irgendwelchen Gründen stocksauer auf Ming, und sagte somit bloß übertrieben förmlich "´n Abend" zu ihm, um ihn sodann die ganze Zeit auf verbissene Weise zu ignorieren.

Dann ging´s los:

Zuerst gab es Sekt mit Himbeeren, und man begrüßte sich mit den Mitgästen.

Wir bestaunten die Zwillinge von Tones Bruder, die ganz gleich ausschauen, obwohl sie zweieiig sein sollen. Doch kein Mensch kann sie auseinanderhalten.

Der eine Zwilling wurde von einer leicht verknitterten, zirka 55-jährigen Frau gehalten, und Rehlein schmeichelte ihr, indem sie sagte, sie hätte gemeint, dies sei die Mutti! Die wahre Mutti wiederum stak in einem wunderhübschen luftig weißen Kleid, und sah so hübsch aus.

Ich freute mich über eine Schwemme an netten Leuten, die ich schon kannte, und an denen sich eventuell ein Funke des begeisterten "Miteinanders" entzünden ließe?

Man ließ sich an der Tafel nieder, und mir zur Linken saß Tones Cousin, der Wirtschaftsprüfer Manfred aus Hamburg, der leider keinen speziellen Mitteilungsschwung in mir auslöste.

"Wo stammen Sie her?" erkundigte er sich interessiert.

Artig stand ich Rede und Antwort.

"In Aurich ist es schaurich, in Leer noch viel mehr!" reimte er mit einem an Gerhard Schröder erinnernden liebenswerten Charme.

Sonntag, 17. November

Zart, dunstig und feucht.
Nachmittags nicht ohne Reiz

Bei uns schliefen heut alle lang.

Um elf Uhr wies Ming mich darauf hin, daß vor dem Fenster bereits die Nora zu sehen war, und ich öffnete ihr freundlich die Tür.

Die Nora mußte heut abend um halb acht schon wieder auf ihrem Dienstschemel in Pforzheim sitzen, und das gestrige Fest beim Tone, dem sie doch so freudig entgegengefiebert hatte, mag nun einen faden Nachgeschmack hinterlassen haben?

Seit Wochen hatte sie sich schon darauf gefreut, und dann saß sie dort nur rum. Ming, dessenwegen sie doch gekommen war, hatte sie kaum beachtet, und schien nur Augen für eine Andere zu haben?

Wäre Ming ein bißchen netter gewesen, so hätte er die Nora vielleicht *einmal* zum Tanz aufgefordert. Aber nein.

Umso tapferer nun von der Nora, daß sie sich doch noch zu einer Verabschiedung durchgerungen hatte, und selbige fiel auch warm und freundlich aus.

Nach dem Abschied genossen wir das Frühstück mit dem süßen Friedel, der eine so unglaublich kostbare Bereicherung in unserem im Grunde leeren Leben ist.

Der weitblickende Friedel pochte auf jenes Telefonat, das wir uns vorgenommen hatten: Mit Heikos Sekretärin Birgit wegen der Webseit´.
Der Friedel sagt: "Birgit oder Brigitte?" und wenn er diese beiden Namen ausspricht, so klingen sie so verheißungsvoll, als verberge sich dahinter ein bezauberndes junges Fräulein.
Ebenso war´s, als der Friedel mal interessiert ausrief: "Wer ist Frau Meyer?"
Da verwandelte sich Frau Meyer vor unserem geistigen Auge kurz in eine aufregende Blondine.
Dann rief ich Frau Ahrend wegen ihrer Schwester Isabelle an.
Die Isabelle sucht einen Mann, und der Friedel eine Frau.
"Ich habe schöne Neuigkeiten für Dich und Deine Schwester!" sagte ich auf den Anrufbeantworter, so daß die neugierige Frau Ahrend auch gleich zurückrief.

Abends rief der Friedel Frau Ahrend Schwester Isabelle an, und wir mussten lachen, weil der Friedel meinte, Frau Ahrend und ihre Schwester hörten bereits die Hochzeitsglocken läuten.
Mindestens 25 Minuten lang hatte er telefoniert, und wir erfuhren hernach, daß die Isabelle ganz viel von sich erzählt, und ihn ganz spontan zum Abendessen eingeladen habe.

Nach schmerzlichen Erfahrungen in der Liebe, scheint sich dem Friedel nun das Glück in Form einer Dame entgegenzurecken?

Aufgequirlt und fröhlich scherzten wir über die Eventualität, daß sich der Friedel eilig stylt und beim Haarefärben etwas falsch macht, so daß sich seine Frisur rotkohlfarben färbt?

In Wahrheit hat sich der Friedel bald darauf empfohlen, und als er weg war, fühlte sich das Leben ohne ihn nackt und kahl an.

Jetzt war der Friedel fort, und es hieß, daß der Tone am Abend schon wieder zu einer Einladung getrommelt habe, da er sich gestern vor lauter Bewirterei den Einzelnen gar nicht richtig habe widmen können.

Ming und ich musizierten die Brahms Sonate in A-Dur, und die Julia saß bloß so da, und sagte gar nichts dazu, so daß man sich als Interpret hernach so fühlen mußte, wie jemand, der einen Witz erzählt hat, und niemand lacht.
Später fuhren die beiden zu Tones Feier.

Rehlein und ich blieben daheim, und ich, oder besser gesagt Omi Mobbl in mir, hoffte inbrünstig, daß Mings Romanze passagerer Natur sei.
Doch dann fiel mir ein, daß der Onkel Otto im Jahre 1955 die 18-jährige Irma geheiratet hat, die noch heute in den Köpfen vereinzelter Verwandter

als „junges Ding" gespeichert ist. Heute sind wir so froh über die Irma, denn sie fühlt sich an, als habe der Onkel Otto in Form seiner Ehehälfte ein Pfand auf Erden hinterlassen. Und ein Hagestolz soll Ming schließlich auch nicht werden.

So sollte man lieber froh und dankbar sein!

Montag, 18. November

Blass-grau, so jedoch novemberlich bergend

Zur Zeit liegt "Einradfahren" voll im Trend. Für mich ist Einradfahren eine absolute Zauberei, und ich stellte mir vor, wie plötzlich in den Vorgärten lauter Tote liegen, da so viele beim Einradfahren-Üben auf den Hinterkopf fallen und sofort tot sind.

Abendspaziergang mit Rehlein:

Wir besuchten jenes Haus in Aurich, in das wir im Jahre 1976 *fast* gezogen wären, so daß sich unser ganzer Lebensweg *fast* völlig anders entrollt hätte.

Dann erzählte mir Rehlein, was der Friedel ihr erzählt hat:

Wie selbstverständlich hatte der Friedel immer für den Bräd mitgekocht, der plötzlich immer da war. Aber eines Tages sah er, wie seine Frau mit dem Bräd unter dem Tisch heimlich fußelte.

Dienstag, 19. November

Reizvolles grau-rosa Novemberwetter

Die Firma "Theesen" hatte den vermeintlichen Schwindel mit der doppelt bezahlten Waschmaschine selber bemerkt, und sogar schon versucht, daß "sehr geehrte" Ehepaar zu erreichen, so daß man der Firma wieder gut sein kann, und Rehlein am Telefon für Buzen endlich mal eine <u>ent</u>pörende Geschichte parat hatte.

Beim Üben am Vormittag sah ich wie Johann Holthuis an unserem Haus vorbeiradelte. Er schaute kurz drauf und mußte wahrscheinlich an die 45 € denken, die noch ausstanden.
Doch Rehlein brachte sie ihm heut, und hernach fuhr er wieder an unserem Haus vorbei und schaute wieder drauf.
Doch diesmal wahrscheinlich mit anderen Gefühlen?

Ich erzählte Rehlein, daß der Onkel Hambum gestern am Telefon etwas trübsinnig und sogar regentrübe klang.
„Vielleicht hatte es ihn traurig gemacht, daß er keine Einladung zu Tones Geburtstag bekommen hat, wo er doch so gern in Adelskreisen verkehrt?" überlegte Rehlein mitfühlend.
Sein größter Wunsch sei es, daß sich seine wunderschöne Elisabeth mit einem Adeligen

verheiratet, doch die Elisabeth kleidet sich immer in Sack und Asche, und einen Verehrer, den sie mal hatte, hat sie einfach abgewiesen!

Draußen dämmerte es so unglaublich reizvoll aber natürlich auch endlich vor sich hin.

Abends lenkte Rehlein die Rede auf die Julia.
"Wie gefällt ihr denn die Liebe mit einem älteren Herrn?" sagte Rehlein und: "Sie ist ja noch sooo jung!"
"Du bist gemein!" rief Ming, wenn auch gutmütig getönt, und uns allen ist es praktisch unmöglich, jene Dinge anzudeuten, die man empfindet.
Wie es mit ihr weitergehen soll weiß Ming auch nicht, doch sie habe etwas an sich, das Ming gut tut, und ist nicht so kompliziert wie all ihre Vorgängerinnen.

Dienstag, 20. November
Aurich – Bad Honnef

Vormittags herrlich schön doch ziemlich kalt.
Nachmittags nebelweiß

In der Nacht fror ich im Bett ganz arg! Ich lag unter zwei Decken, und wurde einfach nicht warm!
Einmal schlich ich mich ganz klapprig ins Häusl - ein Neuling noch in der zweiten, finalen und viel beschwerlicheren Lebenshälfte - und holte hernach

eine Decke aus Mings verwaistem Ashram, wo das Bett solcherart aufgedeckt war, als wolle es mir die Zunge zeigen - zumal sich Ming mit der Julia unten in Buzens Bett vergnügte.

Am Vormittag kam ein Anruf Buzens, der neue Verwirrnisse in mein ungeordnetes Dasein hineinzwirbelte: Daß ich morgen in Bonn auf die chinesische Botschaft gehen müsse, und noch zwei Paßfotos bräuche.

Hernach rief die Hilde an, und sprach somit durch den von Buzens Stimme noch warm behauchten Hörer.

Die Hilde hatte gestern wegen dem Kindergeburtstag einen so wahnwitzigen Stress, und laboriert hinzu an einem schweren Schnupfen, den man durch den Hörer sogar hören konnte.

Der Omar habe vorgeschlagen, den Klempner kommen zu lassen, der ihr einen neuen Dichtungsring in der Nase anbringen solle, bescherzte sie mich malade durch den Hörer, um die Jammernisse etwas aufzuweichen.

Ming frug mich gerade heraus, ob ich eine rundum glückliche Frau sei?

Natürlich bin ich das nicht, doch gäbe ich es zu, so müßte ich mir womöglich Psychologate anhören, die überhaupt nicht zu mir passten? Und ich bin immer so unfroh, wenn ich von engen Verwandten fehlinterpretiert werde.

Ähnelnd Rehlein mit ihren Eltern war ich Ming gegenüber nicht aufrichtig, da Ming mir eh nicht helfen kann, und so tat ich so, als sei ich eine rundum glückliche Frau. Ich straffte mich innerlich, und war es für den Moment auch.

Doch auch wenn ich´s mir für den Moment schön reden konnte, so mochte ich diese Lüge nicht einfach so dreist im Raum stehen lassen. Drum gab ich wenigstens zu, daß ich sehr unter dem Alter leiden würde, und mir ein Leben ohne Opa und Mobbl, ohne Dölein und Tante Bea und ohne Glück in der Liebe doch sehr zu schaffen mache. Aber das Wichtigste im Leben sei ja gegeben: Meine kleine Familie: Ming, Rehlein & Buz.

"Ich freue mich auf China!" sagte ich vage, obwohl es nur bedingt stimmt.

Am Nachmittag verabschiedete ich mich sehr herzlich von Rehlein & Ming.

Dann manövrierte ich mein Auto extrem ungeschickt mit dem Po zuerst aus unserem Anwesen hinaus, so daß man immer bangen mußte, an der Seite Lack abzuschürfen oder mit dem Autopo einen Radfahrer vom Rad zu mähen.

Abends in Bad Honnef:
Der Friedel rief die Isabelle an, die vor freudigem Schreck, daß er sich meldet ganz aufgeregt geworden sei!

Hernach erzählte mir der Friedel, daß die Claudia ihm vorgeworfen habe, er würde sie lähmen, und dabei hat er sich selber in ihrer Aura immer wie gelähmt gefühlt!

Donnerstag, 21. November
Bad Honnef - Stuttgart

Weißlich bewölkt - feucht

Opas erster Geburtstag ohne sich selber…
Gestern stieg ich zum Friedel in das so nett aufgeplusterte Doppelbett.
Der Friedel vermisst seine Familie in Amerika, und fühlt sich seelisch ganz gerupft.
Jetzt erzählte er mir freizügig, daß er in seiner Ehe auch Fehler begangen habe.
Z.B. nannte er Leslies Po mal "Monster-Bot", weil dieser in der Schwangerschaft so groß geworden war.
Es war mehr scherzhaft gemeint, doch die Leslie sei bei dererlei höchst empfindsam.
Und als die Leslie schwanger war, ging es ihr mal so schlecht, daß sie in der Nacht noch ins Spital wollte. Doch der damals noch kühle Friedel war zu müd und ließ sie alleine ziehen…

Besuch bei Antje & Kläuschen:
Das Kläuschen stak im Ärgernis eines komplizierten nicht weichenwollenden Schnupfens, so daß er mich leider nicht küssen konnte.
"Das holen wir nach!" sagte er allerdings nett.
"Das nächste Mal küssen wir uns doppelt und dreifach wegen den Kusszinsen!" schelmte ich.

Abends bei der Hilde: Schon bald kehrten die beiden Mohren von der Abendschule zurück, und die Hilde benahm sich ganz so, wie es von der Frau eines guten Muslimen erwartet wird: Sie wärmte den Herren das Essen auf.

Den ganzen Abend spielte ich auf infantile Weise mit der Knetmaschine, die der Yussuf zum Geburtstag geschenkt bekommen hat, und bedauerte es außerordentlich, daß die schönen leuchtenden Farben schon so durcheinandergemengt waren.

Dann sprachen wir über´s Reisen.

Man sollte reisen so lange man jung ist, denn wenn man zu lange zuwartet wird die Packerei und auch das zu Bendenkende doch immer beschwerlicher:

Später muß man an Batterien für sein Hörgerät denken, und noch zwei Ersatzpackungen Kukident kaufen, bevor man sich auf die weite Reise nach Afrika begibt.

Wir plauderten noch über den Friedel, der ja nicht zuletzt auch derothalben kommt, um die Hilde nach etwa zwanzig Jahren mal wiederzusehen, und ich frug die Hilde geradheraus, ob sie wohl meine, ihr eheliches Glück sei etwas von Dauer?
"Nö!" meinte die Hilde realistisch.

Etwas Lustiges am Rande:

Nur etwa 13 % der entrüsteten Amerikaner wissen, wo Afghanistan auf der Landkarte zu finden ist.

Doch das süße Yüsslein weiß es ganz genau, weil ich es ihm nämlich gezeigt hab. Frägt man den Knirps: „Wo liegt Afghanistan!" So drückt er mit seinem dunklen Zeigefinger so eifrig drauf, daß die Finger-spitze weiß wird.

Freitag, 22. November
Stuttgart

Weißwölkig

Am Morgen war Mutti Hilde vollauf damit beschäftigt, das Yüsslein für den Kindergarten zu satteln.

Der Yussuf heulte laut und barmend, weil er nicht in den Kindergarten wollte, und weil er fast immer laut heult, und auch als Mutter und Sohn sich entfernten, hörte man ihn durch das Gemäuer hindurch schon wieder laut aufheulen.

Direkt neben Yussufs Kindergarten befindet sich die Babyklappe, und es sind auch bereits zwei Säuglinge, für die kein Bedarf bestand, abgelegt worden.

Wenn es der Hilde mit dem neuen Baby zu viel wird, so steht´s ihr frei, es dort abzuliefern - etwas mit dem man ja auch den Omar froh stimmen könnte?

Doch der Omar habe sich innerlich bereits mit dem Segen arrangiert, zumal die Ehe mit der Hilde nichts für die Ewigkeit ist, und man froh über eine Tochter wäre, die ihm später den Haushalt führt.

Die Hilde meinte unkompliziert, daß ein Wiedersehen mit Buz vielleicht ganz nett sein könnte, doch sie fühle sich etwas befangen, weil Buz ihr immer das Gefühl gibt, *das* was sie getan habe, (einen Herrn aus Afrika zu heiraten und sich fortzupflanzen) sei idiotisch gewesen.

Außerdem merke sich der Yussuf alle Namen, so daß er hernach immer vom "Wolfram" erzählen würde, und dann redet der Omar wieder einen ganzen Tag lang nicht mit der Hilde, weil er in Muslimenlogik im Nachhinein eifersüchtig ist!

Manchmal ist er auch vernünftig und verständig und findet Buz nett & gut - doch manchmal verlässt ihn diese Empfindung plötzlich doch.

Nur eins würde davon nicht verdorben:
Mich findet er total nett und freut sich immer, wenn ich komme! betonte die Hilde.

Unglaublich:
Am Abend begegnete ich auf dem Parkplatz der Musikhochschule Stuttgart nach fast sieben Jahren meinem alten Klavierlehrer Herrn Bloser wieder. Herr Bloser stak in seinem alten Mantel in dem man ihn einst kennenlernen durfte, und zumindest in der Dunkelheit hatte Herr Bloser sich überhaupt nicht verändert. Ich erfuhr, daß er jetzt in Esslingen lebe, und seine Wohnung unglaublich ordentlich sei.

Und dennoch stellte ich mir Herrn Blosers Leben als einsamer Herr in Esslingen beklemmend vor.

Abends war ich dann wieder bei meinen Gasteltern Hilde und Omar.

Die fleißige Hilde übte für unser gemeinsames Konzert in Baden-Baden, und der Omar saß so daneben.

Später wurden uns die vom Omar bestellten Pizzen geliefert, und hinter der aufgeklappten Pizzabox schaute der Omar aus als säße er hinter einem Läptop und arbeite emsig vor sich hin.

Mit Hilde & Omar fühle ich mich wohler, wenn ich mit nur einem der beiden zusammen bin. Sind beide zusammen, so kommt eine leichte Beklemmung auf, obwohl die Hilde sich auffallend darum bemüht, die Stimmung harmonisch zu halten.

Samstag, 23. November
Stuttgart – Baden-Baden

Zuerst wunderschön.
Am Nachmittag weißwölkig wie in Taiwan

Heut hat der Yussuf nach seinem Erhöbnis nicht traditionsgemäß unreflektiert losgeplärrt wie sonst, sondern stattdessen gleich zu babbeln begonnen, so wie *ich* es getan hätte.

Geträumt hatte ich u.a. *daß in unserem geschmacklosen Neureichenwohnzimmer das Haupthaar vom Prof. Brinkmann aus der „Schwarzwaldklinik" in Brand geriet.*

Im wahren Leben war der Omar heute sehr grantig gestimmt.

Er bemäkelte, daß das Wohnzimmer dringend gesaugt werden müsse, und dabei hatte Mutti Hilde doch gerade so schön die Küche in Ordnung gebracht.

Die Hilde bemüht sich immer um einen netten, versöhnlichen Tonfall und sagt beispielsweise:

"Das mach ich doch mit links!"

"Dann mach es mit links!" sagte der Omar neurotisch-verstimmt.

Er selber saß allerdings nur paschahaft auf dem blauen Kanapé und schaute der saugenden Hilde mit undefinierbarer Ausstrahlung zu. Nach Art eines grantigen Silberrückens, der denkt: "Ich schau mir den Spaß hier noch eine Weile an....doch wenn die nicht spurt, so soll sie mich mal kennenlernen!"

Es heißt, er sei so grantig, weil er den Ramadan einhalten muß, und immer Hunger und ungelöschten Appetit hat.

Normalerweise ist der Omar gut gestimmt und sehr freundlich.

Ich las dem Yüsslein ein Kinderbuch vor, und der kleine Knirps saß so nett auf meinen Knien. Das Buch war sehr packend und handelte von einem Hasen der Spielen gehen wollte.

"Ja gerne!" sagte seine Mutti, "und wenn du wiederkommst dann gibt es die schöne Himbeertorte!"

Doch alle Freunde, die er besuchte hatten gerade keine Zeit für ihn, dieweil sie etwas Sinnvolleres machen mußten - beispielsweise putzen.

Nach einer Weile kam Hildes Freundin Ölööf zu Besuch, - eine 27-jährige Isländerin, die sich von einem Islamisten hat schwängern lassen – und brachte ihr kleines Söhnchen, den vierjährigen Maathaf mit. Dadurch, daß die Ölööf leider sehr unreif ist, hatte sie für die Hilde als Gastgeschenk einen Kettenbrief dabei:

Er sei für Frauen gedacht, die Liebe weitergeben wollen:

Man muß fünf Euro an die erste Adresse schicken, dann muß man seine eigene Adresse ans Ende einer Liste setzen und daneben schreiben, was man mit den 25 000 €uro wohl zu tun gedenkt, die einem demnächst in Form unzähliger 5 €uro-Scheine zugeschickt würden?

Es steht ausdrücklich dabei, daß es nicht um finanzielle Bereicherung, sondern ausschließlich um die Liebe geht.

Der Omar, der an schulfreien Tagen immer nur so herumhängt, nichts mit sich anzufangen versteht und völlig überflüssig wirkt, ging mit den Buben auf den Spielplatz, so daß wir Damen der Ölööf unser Programm vorspielen konnten.

Unser Spiel plätscherte ein bißchen dahin, da die Ölööf als Hörerin nicht so eine gute Wellenlänge hat wie die Miriam, die ja musikalisch geschult ist und etwas davon versteht.

Doch der Ölööf gefiel es gut, und sie meinte, daß die anderen Geiger immer so laut spielen.

Dann kehrte der Omar mit den beiden Buben zurück, und wir spielten noch die Carmen-Fantasie.

Mir schien´s als hätten die Kinder sehr viel Freude daran, und auch der Omar lächelte nett, als ich mal zu ihm hinüberblickte.

Ob er sich wohl heimlich eine Bratwurst gekauft hatte, als die Kinder auf dem Spielplatz waren?

Omars Vater heißt es nicht gut, wenn man als Moslem Schweinefleisch ißt. Doch besser als Tabak und Spirituosen sei es allemal.

Später heulte der Maahtaf schrecklich, weil seine Mutti zum Aufbruch drängte. Der kleine Tyrann hieb sogar auf seine Mutti ein, so wie er es sich vielleicht bei seinem Papi abgeschaut hat?

Der Omar lag im Bett, weil es mit seiner Verstimmung schlimmer geworden war. Hunger & schlechte Laune marterten ihn.

Die Hilde hatte etwas für den kleinen Yussuf gekocht, weil sie Angst haben mußte, daß ihm der Omar aufgrund des Ramadans vielleicht nichts zu essen gibt?

Über den geplanten Baden-Baden-Besuch sagte der verstimmte Omar mit Nachdruck:

"Ich komme NICHT mit!" weil er kein Geld mehr habe.

Die Hilde wollte ihm 50 €uro geben, wo sie doch jetzt ein Ehepaar sind, doch der Omar wollte den Schein nicht, weil er keine Almosen haben will, und zog sich stattdessen schmollend die Decke über den Kopf.

Als wir dann gingen, machte die Hilde sich gleich Luft darüber, wie schrecklich der Omar heute gestimmt sei.

Dann machten wir uns noch Luft darüber, wie schrecklich der kleine Maahtaf heut gewesen sei:

Als seine Mutti ihn ins Auto schob, habe er ein Geschrei drumgemacht, als wolle man ihn bei lebendigem Leibe in den Backofen schieben.

Wir fuhren Richtung Karlsruhe, und an einer Raststätte riefen wir den Friedel auf dem Händi an.

Der Friedel befand sich grad so wie wir auch, im Großraum Karlsruhe.

Jetzt sprach er sogar extra mit der Hilde, um ihr zu sagen, wie sehr er sich auf sie freue, und davon freute sich auch wiederum die Hilde, so daß der unschöne Familienstress ein bißchen von ihr abperlte.

Fast zeitgleich mit dem Friedel kamen wir in der Seniorenresidenz Bellevue an, und freuten uns, so schöne und luxuriöse Zimmer beziehen zu dürfen.

An der Wand in meinem Zimmer hing eine große Landkarte mit ganz vielen Stecknadeln - solcherart, als habe ein uralter Senior damit alle Orte markiert, in denen er schon einen Mord verübt hat.

Sonntag, 24. November
Baden-Baden

Trübe wie zuweilen in Taiwan

Ich nächtigte mit dem Friedel im Gästezimmer 402, und träumte am Morgen allerhand:
Daß wir auf einem Waldweg, von dem aus man ins Tal hinabschauen konnte, eine spazierengehende Dame antrafen, von der ich annahm, es sei Frau Ahrends Schwester Isabelle.

Es handelte sich allerdings um eine üppige Dame aus Afrika mit einer blondierten Frisur. Man plapperte ein wenig miteinander und befreundete sich. Ihre Adresse in der mochte sie jedoch nicht herausrücken, da sie Sozialhilfe beantragt hatte, und die Stiegen der ersten drei Stockwerke ihres Hauses vergoldet waren, so daß das Sozialamt, wenn es das gesehen hätte, sich womöglich einen husten würde?

Am Morgen hatte sich die Hilde für den Friedel stark verschönt:
Sie trug einen schönen dunklen Pulli mit leuchtenden Rot- und Gelbtönen, und ich finde, daß der Friedel der Hilde so gut tut!
Gestern war die Hilde durch ihr häusliches Mühlrad so abgeblüht, doch durch unseren Friedel blühte sie nun wieder auf.
Die häusliche Situation verschwand hier auf dem Zauberberg so mehr oder minder hinter einer Nebelwand, auch wenn eigentlich ständig darüber gesprochen wurde.

Zu Mittag aßen wir in dem etwas nach Krankenhaus müffelnden großen Speisesaal und es schmeckte nicht schlecht - wenn auch natürlich seniorenfreundlich weichgekocht: Kalbsfleisch, Kartoffelpuffer, ein Süppchen und zum Nachtisch auch noch einen Karamelpudding.

Der Friedel erzählte, daß er es immer nicht verstehen könne, was die Mädchen so an Buzen fänden, denn er empfindet Buz als Mann nicht attraktiv.

Attraktiv findet er Ming und Doris´ Ex-Mann, den Kellner "André". Doch der André habe den Nachteil, daß er so schrecklich jähzornig sei.

Mit seinen 64 Jahren ist Buz natürlich nicht mehr der Allerschlankste, aber als süß und nett wird er vom Friedel ja allemal empfunden!

Die Hilde wußte auch von einem Etikettenschwindel in ihrem ehelichen "Glück" zu berichten:

Daß nämlich der Omar seit dem Ende seiner Sportlerkarriere 15 Kilo zugenommen habe!

Ebenso sein Spezi und ihr Schwippschwager, der Mars, und Hildes Schwester habe doch eine Vorliebe für schlanke und muskulöse Männer!

Doch die Herren naschen allabendlich Chips, trinken ganz süßen Tee, und zuweilen gibt´s zu später Stund´ auch noch ein üppig cremiges Eis der Firma Cremissimo, von dem man als Genießer nicht genug bekommen kann!

Am Nachmittag saß ich mit Friedel und Hilde im Wintergarten dieser luxuriösen Seniorenresidenz, und das Beisammensitzen gefiel!

Ich regte an, daß wir uns genau heute in 50 Jahren - am 24. November 2052 hier an diesem Tische treffen.

Friedel und ich sind bis dahin 90 Jahre alt, und die Hilde ist bereits 88 *und wird von ihrem 53-jährigen Sohn Yussuf gebracht.*

Der Yussuf hat sie allerdings nur mit dem Auto hingefahren und sagte mit Nachdruck - so, wie vor 50 Jahren sein Papa: "Nein! Ich komme NICHT mit hinein!" und man weiß gar nicht was das soll?

Wider Erwarten hat Hildes Ehe gehalten, und die Hilde sagt vielleicht:

"Wir haben ja vor zwei Jahren die Goldene gefeiert!"

Dann begann unser Konzert:

Der fast 95-jährige Herr Herberger ist so alt geworden, daß er ausschaut, als sei er versteinert, oder gar marmoriert? Gleichzeitig sieht er fast durchsichtig aus. Nein, so alt sollte man nicht werden! (Vom Schnitter vergessen...)

Auch die Franziska neben ihm, mit dem Zwicker auf der Nase, schien mir alt geworden, so daß ich ein bißchen traurig wurde.

Die Mozart-Sonate am Anfang kam mir nicht so besonders vor.

Doch nett war, daß die alten Leute sich extra bemühten, etwas lauter zu klatschen. Der letzte Satz war deutlich besser, weil ich plötzlich mit mehr Hingabe gespielt habe.

Dann machte ich eine Ansage: Daß *jetzt* das Werk von Bloch käme, und eine Frau sagte laut:
"Biddö??"

Zu später Stund´ nahm ich mit Friedel und Hilde noch ein letztes Abendessen ein. Wir saßen an jenem Platz, wo wir uns heut in 50 Jahren treffen wollen.

Wir bestellten Feldsalat mit gebratener Leber und Kracherles, sowie Kartoffelpuffer mit Apfelmuß, und dann mußten wir uns auch schon bald vom Friedel verabschieden.

Ich war traurig und dachte: "Jetzt war´s so schön mit den beiden - später bin ich dann allein, und fühle mich seelisch wahrscheinlich völlig eingeschnurrt?"

Die Hilde packte ihren Koffer, und als wir zum Bahnhof fuhren, kam wieder jenes bedrückende Gefühl auf, daß der Jammer daheim nun seinen Fortgang sucht und findet.

Die Hilde erzählte, dass sie den kleinen Yussuf angerufen habe. Der Yussuf hat sofort laut losgeheult, weil er von seiner Mami ins Bett gebracht werden will, und nicht von seinem groben und poltrigen Papi!

Der stempelt ihm einen aggressiven Gute-Nacht-Kuß auf und sagt:

"Du schläfst jetzt sofort los, mein Freund, oder Du lernst mich kennen!"

Mit dem Omar war´s leider immer noch doof.
Die Hilde frug ihn am Telefon so nett und anteilnehmend wie es wohl war, und der Omar sagte bloß neurotisch-lauernd:
"Wann??"
Dann war ich wieder allein.

Hier im Bellevue fühle ich mich sehr gut, und würde gerne für immer auf Vollpensionsbasis hierbleiben, auch wenn ich zur Stund´ noch keine Freunde gefunden habe.
Heute stand sogar ein einsamer goldener Lippenstift im Flur.
Doch die Farbe war häßlich und passte allenfalls zu einer altersfleckübersäten Kröte, und nicht zu mir: Bräunlich.
Vielleicht hat ihn eine mißtrauische Seniorin als Köder hingestellt, um dann durch ihren Türspion zu beobachten, wer da wohl lange Finger macht?

Montag, 25. November

Ganz verhangen. Zum Teil regnend

Ich erhob mich in jenen Tag hinein, auf den ich mich schon sehr gefreut habe:
Jenen, wo ich ein bißchen den geruhsamen Lebensabend vorproben wollte.

Zuerst begab ich mich zum Frühstück, und freute mich im Rahmen meines leider schrumpfenden Interessensradius auf das Tagesblatt vor.

Um diese Zeit frühstückte außer mir nurmehr eine vereinzelte Seniorin, die seniorinnengemäß genau auf dem gleichen Platz saß, wie schon gestern.

Ich dachte: "Wenn ich schon hier leben möchte, dann sollte ich vielleicht damit anfangen, Freundschaften zu knüpfen?" und bot der Seniorin meine Zeitung an.

D.h. die Zeitung selber kann man vielleicht auch als Vorwand deuten, und in Wirklichkeit war sie womöglich eher ein Symbol für die Hand, die einem zur Freundschaft gereicht wird?

Die alte Frau konnte sich allerdings nur wundern, wie jemand eine *so* kleine Schrift überhaupt lesen kann?

"Es steht aber auch nichts Gescheites drin!" sagte ich rasch.

Dies war als tröstende Aufmunterung gedacht, daß es vielleicht letztendlich nicht soo schlimm sei, wenn man so schlecht sieht? Doch meine Stimme klang künstlich und geziert, so daß ich gemerkt habe, daß das doch nicht die richtige Freundin für mich ist.

Beim Gang in die Stadt malte ich mir aus, wie die 59-jährige Anne-Sophie Mutter am 1. Juli 2022 einfach in die Seniorenresidenz "Bellevue" zieht, und somit ihren *ganzen* Lebensabend auf jener Ebene verbringt, wie ich heut bloß einen einzelnen Tag?

Ich lief zum Café König, wo ich meine ganze Mittagspause auf Seniorinnenbasis veruntreute.

Unterwegs machte ich mir im Geiste eine Liste von 60 Personen, die ich zu meinem 60. Geburtstag einladen will, und die ich allesamt nicht leiden kann.

Doch momentan fielen mir nur zwei ein: Der Pfarrer Fliege, und die spröde türkische Verkäuferin im "Minimal-Trossingen", die mal so unsensibel mit dem Filzstift aufgequietscht hat.

Im Café König war´s sehr stilvoll, doch die hohen Preise verdrossen mich nachhaltig.

Im *Stern* las ich die traurige Geschichte vom Selbstmord des 15-jährigen übergewichtigen Felix, der einfach keine Freunde fand.

Zu seiner Beerdigung kam niemand von seiner Schule, da sich niemand schuldig fühlen mochte.

Ich mußte dabei an Herrn Heike denken, von dem es vielleicht auch eines Tages heißt, er habe sich das Leben genommen, und wurde traurig.

Am Nachmittag telefonierte ich mit meinen Lieben.

Rehlein findet die Frau Wyss in Grebenstein sehr süß.

"Sie ist so verknittert, als habe man sie ungefaltet in einen Koffer gestopft!" vermerkte ich humorig.

Doch dies war Rehlein gar nicht aufgefallen.

Den Abend verbrachten Franziska H. und ich bei Herrn Herberger.

Die aufmerksame Franziska hat überall in der Wohnung in Gedichtform hingeschrieben, was zu tun und zu bedenken sei. Sogar ein gedichtetes Rätsel hat sie sich für den alten Herrn ausgedacht und aufgeschrieben.

"Oben krumm und unten grad..." so fing es an.

"Der Spazierstock!" rief ich vergnügt und erfreut aus, da man sich immer freut, wenn man ein Rätsel löst.

Wir saßen da, tranken den Bio-Wein, den die Franziska von der Firma Fielmann geschenkt bekommen hat, und erzählten uns Anekdoten.

Herr Herberger rief seinen Enkel Simon in Kanada an, der heute Geburtstag hatte.

"Ja, wen haben wir denn da!" sagte er feierlich, und dabei war es doch nur der Anrufbeantworter der da losschwatzte!

Viel zu kurz der Tag! So möchte ich immer leben.

Dienstag, 26. November

Trüb verhangen

Gestern hatte ich die Kürze meines Hier-seins schon außerordentlich bedauert, da es mir ein bißchen so vorkommt, als sei ich in meinem "Hafen" angelangt. - Solcherart, wie andere es womöglich bedauern, daß sie schon 94 Jahre alt sind, so daß einem von den gegebenen Jahren nimmer viel übrig bleibt?

Die Dame an der Frühstückstheke hatte so nett die Rezension vom Konzert für mich kopiert, und die Rezension war durch und durch gut.

Dann lernte ich im Lesesaal eine Seniorin kennen, der unser Konzert so gut gefallen hat. Obwohl sie schon ein ganz klein wenig alt war (zirka 69 Jahre), beneidete ich sie ein bißchen, weil sie ihren Lebensabend im Bellevue verbringt - und einen schöneren Ort um sein Leben würdevoll ausklingen zu lassen, findet man doch wohl kaum?

Einmal rief mich die Hilde an. D.h. ich in meinem "Rapunzel-Türmchen" lass mich hier immer zurückrufen, und alle rufen auch immer gleich nett zurück.

Die Hilde beneidet mich für mein freies Dasein, doch mit dem Omar sei es in den letzten Tagen gottlob wieder sehr nett gewesen.

Die Hilde hatte sich Folgendes vorgenommen:

Wenn der Omar jetzt bei ihrer Heimkehr immer noch sauertöpfisch gestimmt ist, so wäre es aus - für immer!

Der Omar spürte es, und war der Hilde wieder gut - da die Hilde ja jetzt auch nach Art einer guten Muselfrau wieder daheim ist.

Ob er wohl geahnt hat, daß sein Glück nur noch an einem seidenen Faden hing?

Die Hilde verschob das Scheidungsvorhaben aus Nettigkeit auf die nächsten Jahre.

Nichtsdestotrotz steht eine Sache allerdings schon fest:

Daß der Friedel die Hilde in Stuttgart besuchen will und bei der Miriam untergebracht wird.

Bei der Suche nach einer passenden Frau für den Friedel hat die Hilde nämlich zunächst an die Miriam gedacht.

Mittagspause in der Praxis von der Franziska:
Wir sprachen über Hildes Eheleben:
Bewundernd muß ja auch vermerkt werden, daß die Hilde seit fast zweieinhalb verheiratet ist, und der friedliebende Mohr aus dem Senegal sie noch kein einziges Mal verdroschen habe!

Normale Menschen wissen, daß ein Eheleben einfach unglaublich mühevoll ist.

Besuch in der Stadtbibliothek in Baden-Baden:
In der letzten Kammer fand ich Bücher die mich interessierten, und so saß ich interessiert lesend da, und las über einen Mordfall nach.

"Der Nachbar nebenan" - über einen geheimnisvollen Giftmischer, der mitten unter uns lebte.

Dann las ich in der Biographie von Hannelore Kohl, obwohl mich eigentlich nur das Ende interessierte.

Tatsächlich begann Leid und Ende der Hannelore K. mit der Einnahme eines Antibiotikums und dadurch, daß ich immer noch wandernde Juckoasen am ganzen Körper habe, stimmte mich diese Geschichte äußerst unfroh.

Die Juckoasen fühlen sich an, als hätte Ungeziefer seine Eier unter meiner Epidermis abgelegt.

Mittwoch, 27. November
Baden-Baden – Trossingen – Lauterberg

Schön sonnig. Hi und da Nebel

Zusammen mit Franziska H., Herrn Herberger und dem Armand besuchten wir jenes Caféhaus, welches von Franziska und Herrn Herberger am Wochenende öfters besucht wird, und Herr Herberger, der sich ansonsten ausnahmslos von Wurstbroten ernährt, verputzt dort allemal gern ein Champagnertörtchen.

Das Caféhaus entpuppte sich als sehr schönes Gourmet-Restaurant.

Ich bestellte mir "Tante Sophies Apfelküchlein".

Die Apfelringe waren ganz klein, und der Teller mit Obstresten über und über mit Puderzucker bestäubt.

Zuerst machte der Armand ganz viele Wortspiele, und breitete sein Scherzrepertorium aus.

Einmal wurde es spannend:

Als wir nämlich davon sprachen, wie es zu dem großen Krach mit der Veronika gekommen war:

Die Veronika habe den Armand plötzlich so wüüüscht angebarscht, weil er seine Kamera eine

Spur zu lang auf einen 87-jährigen Herrn gerichtet hielt, und jetzt wurde der Armand nicht müde zu betonen, daß er den Herrn doch <u>extra</u> <u>gefragt</u> habe, ob er sein ausdrucksvolles und WUNDERschönes Gesicht fotografieren dürfe, und irgendjemand in der Runde habe sogar ausgerufen:

"Wie höflich Sie sind!"

Auch mit der Mutter gäb´s leider viel Krach! Einmal hat sie den Armand etwas gefragt, und als der Armand ihr auf die Frage antworten wollte und gerade damit anhub, sagte sie unwirsch:

"Die Franziska wartet doch!"

Und dabei wartete die Franziska doch überhaupt nicht!

Draußen hatte sich in Windeseile ein imposanter Nebel ausgebreitet.

Leider ist die Franziska als Augenärztin sehr prominent: Fast alle Leute, die man so sieht sind Patienten, und als mal eine Frau zum Fenster emporwunk, stellte man sich gleich vor, wie sie sagt:

"Da sitzt ja die Frau Dr. H.. Da kann ich sie ja gleich mal fragen, wie das mit meiner Brillenversicherung so ist?"

Nach dem Kaffeegenuß spazierten wir ein bißchen steil aufwärts, und dann wieder ein bißchen steil abwärts, obwohl es jetzt ganz nebelig geworden war.

Immer wenn der Armand "Franziska!" rief, schauten wir beide synchron und fragend auf ihn drauf, und als er uns mal knipste, fiel uns beiden der gleiche Scherz ein:

Nämlich, grad wie die Veronika, kränkend zu sagen:

"Du verstehst wohl nicht viel vom Fotografieren?!"

Doch uns hat es der gutmütige Armand nicht krumm genommen.

Am Auto senkte die Franziska erschrocken den Kopf, da schon wieder ein Patient aufblitzte: Ein alter Mann, dem beim Gehen sogar geholfen werden mußte.

Die Franziska erzählte, daß er ihr immer einen Handkuß zu geben pflegt, und daß sie so etwas ja gar nicht leiden könne.

So war ich innerlich ganz verunsichert, wie man die Franziska wohl be- bzw. *ent*grüßen solle?

"Vielleicht mit einem Nicken?" regte ich an, nachdem ich meine stillen Gedanken aufgedreht und in die Runde gewirbelt hatte.

Am Bellevue gabelten sich dann unsere Wege und ich fühlte mich ein bißchen traurig.

Die Katharina hatte mir auf mein seltsames Ansinnen, ob ich wohl schon *heute* zu Besuch kommen dürfe, zwiefach auf´s Band gesprochen.

Sie sprach ganz lang, so daß es mir vor der Franziska, die in Abmarschstellung bereit stand, schon direkt ein wenig peinlich wurde, die ellenlange Ansage anzuhören.

Die erste Aufsage barg die blumig umrankte Botschaft, daß sie noch einmal anrufen würde, und die zweite wiederum - ebenfalls in üppiges

Wortgebräu eingeschmiegt - ich könne um neun Uhr kommen.

Doch dadurch, daß wir uns ja eigentlich für morgen um neun verabredet hatten, wußte ich nicht, welches neun denn nun gemeint war.
Verunsichert fuhr ich erstmal los.

Kurz vor 22 Uhr kam ich in Lauterberg an.

Der Christoph ist leider schon ganz grau geworden, und die Katharina hing oben am Telefontropf, dieweil sie, so wie fast immer, grad einen Frust zu beklagen hatte:

Heute wollte sie für´s Weihnachtsoratorium vorsingen, hatte sich „egschdra freig´nommö" und die Schüler auf´s "Wochöend" verlegt, und nun hieß es, das Weihnachtsoratorium sei bereits voll, und es bestünde kein Bedarf an weiteren Sängern.

Wir saßen am Küchentisch, tranken Tee und aßen Apfelmuß mit Sahne.

Der kleine Marius hat sich leider einen Zeh gebrochen, und gestern habe er vier Stunden am Stück geheult, so daß es den Erwachsenen vier Stunden am Stück durch Mark und Bein ging.

Der Christoph ist immer ganz müd, weil er so viele Schüler hat.

Wir sprachen über Kantor Reich aus Calw, der seine Konzerte immer nur im Rahmen eines Sinnzusammenhanges konzipiert. ("Wenn i ö Konzert veranstalt´, dann veranstalt i net einfach ö Konzert!" hatte er mir mal am Telefon erzählt), und fast alle seine Konzerte heißen "Klangrede".

Donnerstag 28. November
Lauterberg - Fulda

Zuerst mild-neblig. In Fulda ganz grau

Ich fand´s so rührend, wie die Katharina dem Christoph gestern von meinem Tagebuch vorgeschwärmt hat, doch Christoph und Katharina schwimmen paargemäß nicht ganz auf einer Welle, und nachdem die Katharina so nett gefragt hatte: „Liesch´ du mir was aus deinem Tagebuch vor??" imitierte der Christoph verhohnepipelnd, wie die Katharina vielleicht auch noch sagen könnte: "Ach, würtsch Du mir was auf deiner Geige vorspielö?" Und dabei wär dies doch angenehm und nett, denn wozu übt man denn sonst?

Dann entzündete er den geschmackvollen zylinderförmigen Kamin und das Feuer brannte lichterloh.

Wir setzten uns zum Frühstück nieder.

Der kleine Marius gilt als hochintelligent, doch ich finde ihn mit seinem etwas nach unten verknödelten Mund zu ernst.

Fulda am Abend:

Sehr nett wurde ich von Pfarrer Auersberg und Schwester Veronika-Marie willkommen geheißen. Ich hatte einen guten Draht zu dem Geistlichen, der etwas gelöster und heiterer wirkte, als ich ihn in Erinnerung hatte.

Zuerst saßen wir bei einem Glas Wasser beieinander, und plötzlich sagte der Geistliche wie aus dem Nichts heraus: "Schwester, mir ist etwas eingefallen!"

Ihm war eingefallen, daß heut der 100. Geburtstag seines Vaters sei.

Der Vater wurde allerdings nur 42 Jahre alt, dieweil er im Krieg gefallen ist.

Er starb somit, als der Geistliche eben mal drei Jahre alt war einen sinnlosen Tod, denn wie schön wäre es, wenn er jetzt als junggebliebener Hundertjähriger bei uns sitzen könnte!

Die große Kirche wurde durch das Gebläse aus dem Boden heraus sehr angenehm geheizt.

Mein Auto hatte ich auf den Bonifatius-Parkplatz gezwängt, weil ich mir erhofft hatte, daß auf dem frommen Terrain vielleicht weniger passiert?

An der Bushaltestelle davor tümmelte sich nämlich eine Horde Jugendlicher, und ich empfand das herdenhafte Gebaren als lächerlich.

Leider hat mein einer schöner Ohrring, den mir der Tone geschenkt hat, seine Spannkraft verloren.

Zirka 35 Hörer.

Herr Auersberg in der ersten Reihe sah durch mein Spiel so froh aus.

Auch ein frommer Mohr hatte sich ins Konzert bemüht, und hinterher verteilte ich Autogramme.

Im Pfarrhaus gab´s noch eine gemütliche Weinstunde, und ich war die Einzige, die dazu ein paar Brote aß, da die frommen Leute immer sehr zeitig essen, und früh zu Bett gehen, um sich dann auch wieder früh zu erheben.

Herr Auersberg erzählte, daß der verstorbene Herr Augstein einen so bitterbösen Artikel über den "Glauben" im Spiegel veröffentlicht habe, und dann meinte er sinnig: "Jemand, der ein Schaufenster einschlägt und etwas klaut, der wird hart bestraft - doch jemand, der beispielsweise eine Ehe kaputt macht, der nicht!"

Freitag, 29. November
Fulda – Grebenstein - Aurich

Nass verregnet und z.T. sehr starker Nebel

Auf dem Weg zum Frühstückssaal sann ich darüber nach, daß meine Lieben daheim über den hohen Frömmigkeitspegel eines Pfarrer Auersberg womöglich die Hände über dem Kopf zusammenschlagen würden?

Man kommt auf diesem Wege durch eine fast steril zu nennende Kammer, wo all jene Kassetten säuberlich herumstehen, die der Geistliche im Laufe seines langen Lebens aufgesprochen hat.

Mit Titeln wie "JESUS unser Schicksal".

Doch die große Reinlichkeit und Ordnung imponierte mir, und ich hatte durchaus einen Blick für das Gute daran.

Als ich weiterlief, und durch den Flur mit dem spiegelblanken Linoleumsboden schritt, frug ich mich wiederum, ob der Artikel vom Augstein über den Glauben in Wirklichkeit nicht vielleicht total pfiffig und geistvoll ist?

Der Augstein war womöglich ein leicht arroganter Künstlertypus, und der Pfarrer Auersberg hat mit Sicherheit eine viel reinere Seele, so daß ich, wenn schon, doch lieber *ihm* nacheifern sollte?

Mit diesen warmen Gedanken betrat ich den Frühstückssalon, wo heute ein sehr netter junger Mann in einer Kutte saß, der sich schon so früh erhoben hatte, um sein Leben ganz und gar "dem Guten" zu weihen.

Es gab frische Brötchen, selbstgemachte Marmelade und Kathreiner-Malzkaffee.

Noch war´s ganz dunkel.

Der stets interessierte Pfarrer Auersberg holte Bücher einer Sinologin herbei, die noch ganz neu ausschauten, um ein wenig über das Sinologische zu fachsimpeln, und der fromme junge Herr verabschiedete sich nach einer Weile, weil er in einen ganz straffen Tagesplan einkorsettiert ist, während der Pfarrer selber erst um viertel nach acht mit der Krankenhaus-Seelsorge anheben mußte.

Schweren Herzens verabschiedete ich mich von Herrn Auersberg, und die süße Schwester mit dem aufgeworfenen Näschen, die mich leicht an meine Tante, das Beätchen in Amerika erinnert, wunk noch ein bißchen an meinen Wende"künsten" herum, damit ich nicht über die Rasenfläche fahre, weil bei denen immer alles so schön ausschaut.

Das Wetter in Fulda war geradezu bräunlich trübe. Aus triefigsten braunen Wattebäuschen wurden Regenbäche auf uns herabgewrungen.
Kurz vor zwölf kam ich in trostlosem Regenwetter in Grebenstein an. In der Stube brannte ein mattes Licht. Das Lebenslicht von der Omi. Doch zunächst eilte ich zu Frau Wyss, um den Schlüssel zu holen.
Frau Wyss litt an einer Halsentzündung und hatte praktisch keine Stimme mehr. Das Band des Unglücks, das über ihrem Leben weht, will und will nicht reißen.

Frau Wyss bekrächzte mich mit unfroh stimmenden Worten: Leider gehe es der armen Omi nicht gut. Sie mochte nichts essen und erbrach sich hi und da, und so schaute es zumindest ein bißchen so aus, als stünde "das Unvermeidliche" vor der Türe.
Man lebt immer so vor sich hin, und plötzlich ist´s dann doch so weit.
Das Telefon klingelt und am anderen Ende der Leitung meldet sich der Tod:
"Ich bin in zehn Minuten da. Bist du bereit?"
In gewissem Sinne erinnert es an ein Konzert::
Man arbeitete auf ein Konzert hin, das noch in weiter Ferne liegt, so daß man als Übender von beruhigenden Gedankenwogen behaucht wird: "Es hat ja noch Zeit!"

Doch plötzlich steht man im Künstlerzimmer, und die Tür zur Bühne knarzt bereits.

Ich begrüßte das wackelige Knochengestell, das zusammengesunken im Rollstuhl saß und Harry-Potter-Kassetten anhörte.
Die Omi war nicht sonderlich in Form und strahlte nur Altersgrämlichkeit aus.
Zweimal erunwirschte sie sich gegen mich:
"Ach, hör mir auf mit dem Eberhard, Mädchen!" und "Hör mir auf mit Weihnachten!"
Dann kam die Frau Wyss, und es gab eine Wurstsuppe.
Ich versuchte der Omi aus der Zeitung vorzulesen, doch die alte Dame interessierte sich für nichts mehr.
Nur auf Küsse reagiert sie noch in mattem Erfreuen.
Nach einer Weile geleitete ich die Omi liebevoll zu ihrem Mittagsschlummer.
Wie versprochen schaute ich nach einer Weile nochmals nach ihr, doch da schlief sie bereits so sanft & zart, daß ich mich einfach davonstahl, und bei Regen über die Autobahn Hannover nach Hause fuhr.

Am Abend war ich daheim bei Buzen.
Buz mußte erst "den Alten" zuende schauen, bevor er sich mir als Gast widmen konnte, und so rief ich in Ofenbach an, weil ich Ming & Rehlein schon so unglaublich vermisste.

"Hallo mein liebstes Kikalein!" sagte Rehlein, ohne daß ich mich vorgestellt hatte, dieweil es eine Mutter spürt, wer da anruft.

Mit Ming sprach ich auch und frug ihn über seine Liebe aus.

Im Geiste hatte ich Ming zuvor noch über die Julia gesagt: "Vielleicht ist sie ja nachts ein Vulkan?!" Doch Ming hatte mir so schöne Pralinées geschenkt, von denen die Schachtel als stumme Zeugin von Mings Herzenswärme noch immer im Auto liegt, und so konnte ich die leicht spöttisch klingenden Worte einer älteren Schwester natürlich nicht anbringen.

Stattdessen sagte ich: "Die Hauptsache du bist glücklich! Bist du glücklich, so bin ich es auch!"

Ming wurde davon fröhlich. Wir verstanden uns nochmal so gut, und Ming listete mir einige Pluspunkte von der Julia auf: z.B., daß sie nicht raucht, keine Drogen nimmt und auch keinen Alkohol trinkt. Außerdem habe sie eine gute Figur und sei sehr anschmiegsam.

Eine Frau, die beim Küssen immer spüren lässt "jetzt nicht, bitte!" käme für den warmen Ming nicht infrage.

Samstag, 30. November

Trübe, sehr grau und dunkel

Ich träumte allerhand:

Z.B., *daß ich jene Kammer betrat, wo ich vor zwei Tagen neben dem Pfarrer Auersberg im Doppelbett genächtigt hatte.*

Ich hatte gemeint ich sei allein, doch dann sah ich, daß der Geistliche in sein Bettlaken verkrochen so dalag und schlief.

Erschrocken bat ich mehrfach um Verzeihung, und der Geistliche meinte schlaftrunken und auf nette Weise, das mache nichts. Ich könne ruhig dableiben!

Dann wiederum träumte mir, *daß ich mich bei einer Feier sehr anregend mit Herrn Wachtenberg unterhielt: Wir sprachen über Leute, mit denen man sich praktisch gar nicht unterhalten kann.*

Sehr interessant berichtete Herr Wachtenberg von einer amerikanischen Studentin Buzens:

Daß es wirklich schlimm sei, <u>wie</u> langweilig die Gespräche mit ihr immer seien!

Diese Schülerin von der wir sprachen, hatte aus 500 Musikern 17 herausgesucht, mit denen sie ein gepflegtes Kammerorchester gründen wollte.

"Wir wollen gepflegte Hausmusik anbieten. Nicht mehr und nicht weniger!" sagte sie im Traume auf eine Weise, die mich an die Tante Irma erinnerte.

Dann erhob ich mich.

Ich schlenderte über den Weihnachtsmarkt, da ich mir ein Fischbrötchen gönnen wollte.

Aus Gewohnheit kaufe ich immer bei dem gleichen beleibten Fischverkäufer, so als habe sich die Friesenlogik "Was sich bewährt ist meist gut" in mein Hirn verzwickt, und beim Kaufvorgang machte ich ein frohes Gesicht, weil ich froh sein *wollte*.

Dann lief ich am Karussell Buzens väterlichem Freund Herrn Schüt und seiner Tochter Jutta in die Arme, und fand die beiden so nett. Herr Schüt legte einen Arm um Juttas schmales Schulterblatt und sagte warm: "Wir sind froh, daß wir einander haben!"

Man suchte sich einen Adventskranz aus, den die Jutta eigenhändig schmücken wollte, und mich wehte ein bergend familiäres Vorweihnachtsbehagen an.

Am Nachmittag im Supermarkt.

Eine Omi an der Kasse war so unbeschreiblich geladen auf ihren Enkel. Als ich mir in Horchweite einen Apfel aussuchte, hörte ich, wie sie ganz bedrohlich auf schwäbisch rief: "HALT den Mund!!" so daß eine friedfertige norddeutsche Omi davon ganz erschrocken ist, - so wie eine Henne, wenn man einen Stein ins Gehege schmeißt.

Danach radelte ich mit der Gingseng-Teebombe auf den Friedhof.

Wieder setzte ich mich ganz in die Nähe vom Grab vom Irma Beyer geb. Meyer. Einer Dame, die tatsächlich 106 Jahre alt geworden ist, und genau in dem Jahr geboren wurde, als Jack der Ripper in London sein Unwesen trieb. Diese Frau (1888 - 1994) hatte auch noch eine Tochter (1916 - 2000), die ihre Mutti nur um sechs Jahre überlebte.

Heute war´s auf dem Friedhof nieseltrübe.

Da kam plötzlich Herr Schüt des Weges, der seiner Grete einen Besuch abgestattet hatte.

Herr Schüt bot mir etwas an:

Eine Isomatte, auf der man auch im Winter ganz warm sitzen kann.

Dann setzte sich der alte Mann neben mich, und wirkte dabei geistig so überaus klar: Er erzählte von seiner zwölfjährigen Enkelin, die leider nicht gut hört, da sie als Frühgeburt nicht gescheit zuende gebrütet wurde.

So kommt sie trotz guter Intelligenz in der Schule nur mühsam mit, und redet leider ein bißchen undeutlich und verwaschen.

Manch einer denkt, sie sei geistig leicht behindert - und dabei ist sie geistig vollkommen normal wie Du & ich!

Nun hat man den Schaden endlich entdeckt, und die kleine Julia bekommt ein Hörgerät.

Beim Abschied umarmt und küsst mich Herr Schüt immer so tiefempfunden - sogar zwiefach, dieweil ich ihn noch bis zur Hinterpforte begleitet habe.

Abends passierte ein Unglück:

Als ich meine Fotoschatulle öffnete, mich kurz hineinkrümmte, und den Kopf wieder anhob, hieb ich damit das schöne Selbstportrait Mings von der Wand - es schlug einen Purzelbaum, donnerte auf mich herab, und hackte mir einen häßlichen, klaffenden Riss auf die Nasenwurzel. Es blutete, und man weiß überhaupt nicht, wie man es den Verwandten erklären soll.

Dann fühlte ich mich einsam und unfroh, dieweil ich ja auch nicht weiß, ob es ein Nasenbeinbruch ist, der bald unschön anschwillt?

Und hier auf diesem Selbstportrait schaut der junge Ming aus, als könne er kein Wässerchen trüben.

Personenverzeichnis

Achim, mein Gitarrist in Fischerhude (*1953)
Ahrend, Frau, liebe Freundin in Ostfriesland (*1964)
Agnes, Omi, (*1931) Mutter von meiner Freundin Margarethe in Karlsruhe
Alina, junge Reinmachefee aus Polen (Geburtsjahr unbekannt)
Andreas, Herr und Frau, Ehepaar in Grebenstein (Heinrich *um 1920 und Elisabeth *1926)
Anja, (*1974) Schwester von meiner Freundin Petra
Antje, (*1939) meine Lieblingstante in Bonn
Armand, (*1933) Lebensgefährte von unserer Freundin Franziska in Baden-Baden
Auersberg, Pfarrer, (*1939) Geistlicher in Fulda
Bärbel, (*1938) Tochter von unserer Nachbarin in Aurich
Bea (Beätchen), (*1943) Tante mütterlicherseits in Kalifornien
Brad, junger Herr in Amerika, der dem Friedel die Frau ausgespannt hat (Geburtsjahr unbekannt)
Breitsching, Bauersleute in Ofenbach
Buz, (*1938) unser Vater
Camillo, (*2002) Söhnchen von unserer Freundin Gerswind
Christoph, (*1964) Lebensgefährte von meiner Freundin Katharina im Schwarzwald
Claudia, (Geburtsjahr unbekannt) die Neue an der Seite von unserem Vetter Friedel
Daaje, (*1994) älteste Tochter von Mings Exe Gerswind
Dölein, (*1936) Lieblingsonkel in Amerika
Doris, (*1962) uneheliche Exe von unserem Vetter Friedel
Dörner, Herr, Dirigierprofessuranwärter aus Graz. (Geburtsjahr unbekannt)
Eberhard, (*1947) Onkel väterlicherseits in Berlin
Eckstein, Marianne, (*1952) freundliche Frau im Schwabenland
Elisabeth, (*1976) Tochter von unserem Onkel Hartmut
Ella, (*1913) Omi väterlicherseits

Feli, (*1996) Töchterchen von meiner Freundin Ute in Rottweil
Flitzi, (*1962) Verkäuferin im Geigenbauerladen in Trossingen
Franziska, (*1949) Schwester von unserer besten Freundin Veronika. Augenärztin in Baden-Baden
Friedel, (*1962) unser Lieblingsvetter
Gabi, (*1961) zweite Frau von unserem Onkel Eberhard
George, (*1935) Ehemann von Mings Exe Insa
Gerswind, (*1964) uneheliche Exe Mings
Gesine, (*1996) zweite Tochter von Mings Exe Gerswind
Gina, (*1976) Cellistin im Jadequartett
Gollnau, Dr., (*um 1955) praktischer Arzt in Trossingen
Halil, Renovierungshelfer in Ofenbach. (Geburtsjahr unbekannt)
Hamann, Prof., (1935 – 2000) jüngst verstorbener Celloprofessor in Trossingen, dessen Geist aber immer noch zwischen den Buchdeckeln schwebt
Han-Lin, (*1974) Studentin Buzens
Heidi, (*1964) meine beste Freundin in Ofenbach
Heike, Herr
Helga, Omi
Herberger, Herr, (*1933) Komponist und Professor in der Eifel
Hikaru, mein Flurnachbar in Trossingen. Geburtsjahr unbekannt
Hilde, (*1964) Exe Buzens
Hubert, (*1961) Mann von meiner Freundin Ute
Ilslein, (1913 – 1996) Opas Kusine in Ofenbach
Inga, (*1970) Frau von meinem Gitarristen Achim in Fischerhude
Irene, (*1944) Rehleins Kusine dritten Grades in Ofenbach. (Die Großmütter waren Schwestern)
Isabelle, (*1961) Ehekandidatin für unseren Vetter Friedel
Julia, (*1983) Flamme Mings
Jutta, (*1955) Tochter von Buzens väterlichem Freund Herrn Schüt
Katharina, (*1959) Freundin aus dem Schwabenland

Kathi, (*1986) Töchterchen von unserem Onkel Eberhard
Kettler, Frau, (*1947) Telefonfreundin aus Basel
Kläuschen, (*1934) dritter Ehemann von unserer angeheirateten Extante Antje in Bonn
Konrad, (*um 1966) Ehemann von meiner Freundin Margarethe in Karlsruhe
Konstantin, rumänischer Hilfsarbeiter in Ofenbach (Geburtsjahr unbekannt)
Krüger, Familie, Familie in Rottweil
Lange, Herr und Frau, Eheleute in Wolfenbüttel (alt)
Leopold, (*1999) Söhnchen von meiner Freundin Margarethe in Karlsruhe
Lisa, (*1976) zweite Geigerin im Jadequartett
Linda(lein), (*1973) älteste Tochter von unserer Tante Bea in Kalifornien
Lore, (*1943) gute Fee aus Veckerhagen
Maika, (*1995) älteste Tochter von unserem Vetter Friedel
Margarethe, (*1970) Freundin in Karlsruhe
Marius, (*2000) Söhnchen von meiner Freundin Katharina in Lauterbach
Mars, Herr aus Ghana. Geburtsjahr unbekannt
Matthias, (*1980) einer meiner wenigen Geigenschüler in Rottweil
Melzer, Thomas, ehemaliger Studienkollege (*um 1960)
Meyer, Frau, (*1935) unsere Zugehfrau in Aurich
Ming, (*1964) mein Bruder
Miriam, (*1970) Geigerin aus Stuttgart
Mobbl, Omi, (1910 - 1999) Omi mütterlicherseits
Neumann, Guido, (*1932) Fernsehrichter
Nora, (*1965) Cellistin aus dem Schwabenland
Nowak, Opa, (*1933) Schwiegervater von meiner Freundin Ute in Rottweil
Odette, (*1972) Kusine von Buzens Exe Hilde in Stuttgart
Oettken, Frau, (*um 1923) Nachbarin in Aurich
Omar, (*1972) Ehemann von Buzens Exe Hilde
Petra, (*1971) Bratscherin aus Trossingen

Priwitz, Frau, (*1911) Nachbarin in Aurich
Rampf, Rudi, Geigenprofessor in Trossingen
Rautenberg, Frau, (*1920) Nachbarin in Aurich
Rebekka, (*2001) Töchterlein von meiner Freundin Margarethe in Karlsruhe
Rehlein, (*1939) unsere Mutter
Reichmann, Spaziergänger in Trossingen (Hans, *1928, Schneidermeister im Ruhestand, und Melanie *1931)
Reimich, Frau, (*1958) Reinmachefee in Grebenstein
Rifflein, (*1978) einziger leiblicher Sohn von unserer Tante Bea in Amerika
Rohlfs, Pastor, seelenguter Herr in Cremlingen. (Geburtsjahr unbekannt)
Rosalie, (*1999) zweite Tochter von meiner Freundin Ute B. in Rottweil
Scheidt, Herr & Frau, Eheleute in Göttingen
Schröders, Familie die neben der Omi im gleichen Hause wohnt.
Schüt, Herr & Frau, (Fritz*1917 und Grete*1922-2000) väterlicher Freund Buzens und seine verstorbene Frau
Tobias, (*1971) Schwiegerschüler Buzens aus Trossingen. (Liiert mit Buzens Schülerin Petra)
Tone, (*1962) lieber Freund in Leer/Ostfriesland
Uta, (*1936) Buzens Schwester in Rom
Ute B., (*1966) Freundin aus Rottweil. Ehem. Studentin Buzens
Wachtenberg, Herr, Theorieprofessor in Trossingen. Geburtsjahr unbekannt
Walter, Helmut, mein Vermieter in Trossingen. Geburtsjahr unbekannt
Wembo, (*1980) Bratscher im Jade-Quartett
Wyss, Frau, (*1940) Omis Helferin in Grebenstein
Vanni, (*1966) Vetter aus Rom
Veronika, (*1945) unsere beste Freundin in Nürnberg
Veronika-Marie, Haushälterin vom Pfarrer Auersberg in Fulda. Geburtsjahr ungekannt
Yossi, (*1947) Spezi Buzens. Bratscher
Yussuf, (*1999) Söhnchen von Buzens Exe Hilde
Zieger, Jochen, (1939) Rehleins erste Liebe

Und weiter geht´s im nächsten Band…
Erscheint am 2. August 2021